Florian Juterschnig

Landser im Weltkrieg

Ardennen 44 – Mit Wehrmacht und Waffen-SS in der Offensive

EK-2 Militär

LANDSER IM WELTKRIEG

Jeder Band dieser Romanreihe erzählt eine fiktionale Geschichte, die vor dem Hintergrund realer Ereignisse und Schlachten im Zweiten Weltkrieg spielt. Im Zentrum der Geschichte steht das Schicksal deutscher Soldaten.

Wir lehnen Krieg und Gewalt ab. Kriege im Allgemeinen und der Zweite Weltkrieg im Besonderen haben unsägliches Leid über Millionen von Menschen gebracht.

Deutsche Soldaten beteiligten sich im Zweiten Weltkrieg an fürchterlichen Verbrechen. Deutsche Soldaten waren aber auch Opfer und Leittragende dieses Konfliktes. Längst nicht jeder ist als glühender Nationalsozialist und Anhänger des Hitler-Regimes in den Kampf gezogen – im Gegenteil hätten Millionen von Deutschen gerne auf die Entbehrungen, den Hunger, die Angst und die seelischen und körperlichen Wunden verzichtet. Sie wünschten sich ein »normales« Leben, einen zivilen Beruf, eine Familie, statt an den Kriegsfronten ums Überleben kämpfen zu müssen. Die Grenzerfahrung des Krieges war für die Erlebnisgeneration epochal und letztlich zog die Mehrheit ihre Motivation aus dem Glauben, durch ihren Einsatz Freunde, Familie und Heimat zu schützen.

Prof. Dr. Sönke Neitzel bescheinigt den deutschen Streitkräften in seinem Buch »Deutsche Krieger« einen bemerkenswerten Zusammenhalt, der bis zum Untergang 1945 weitgehend aufrechterhalten werden konnte. Anhänger des Regimes als auch politisch Indifferente und Gegner der NS-Politik wurden im Kampf zu Schicksalsgemeinschaften zusammengeschweißt.

Genau diese Schicksalsgemeinschaften nimmt »Landser im Weltkrieg« in den Blick.

Bei den Romanen aus dieser Reihe handelt es sich um gut recherchierte Werke der Unterhaltungsliteratur, mit denen wir uns der Lebenswirklichkeit des Landsers an der Front annähern. Auf diese Weise gelingt es uns hoffentlich, die Weltkriegsgeneration besser zu verstehen und aus ihren Fehlern, aber auch aus ihrer Erfahrung zu lernen.

Nun wünschen wir Ihnen viel Lesevergnügen mit dem vorliegenden Werk.

Ihre Zufriedenheit ist unser Ziel!

Liebe Leser, liebe Leserinnen,

zunächst möchten wir uns herzlich bei Ihnen dafür bedanken, dass Sie dieses Buch erworben haben. Wir sind ein kleines Familienunternehmen aus Duisburg und freuen uns riesig über jeden einzelnen Verkauf!

Unser wichtigstes Anliegen ist es, Ihnen ein angenehmes Leseerlebnis zu bieten.

Damit uns dies gelingt, sind wir sehr an Ihrer Meinung interessiert. Haben Sie Anregungen für uns? Verbesserungsvorschläge? Kritik?

Schreiben Sie uns gerne: info@ek2-publishing.com

Nun wünschen wir Ihnen ein angenehmes Leseerlebnis!

Heiko und Jill von EK-2 Militär

ARDENNEN 44

Prolog:

Der Novemberwind strich über die kargen Felder der Eifel, rüttelte an den dürren Zweigen der alten Eichen. Die Landschaft, einst so idyllisch und friedlich, war schon gezeichnet von Krieg und Zerstörung in diesen Tagen des ausgehenden Jahres 1944 und es war freilich kein gutes Jahr für die Deutschen gewesen.

Auf einem abgelegenen Bauernhof, fernab vom Lärm der immer näherkommenden Frontlinien, sollte eine geheime Besprechung von entscheidender Bedeutung stattfinden. Die Führung der Wehrmacht hatte hierher geladen, in die tiefen Wälder und verschwiegenen Täler der Eifel, wo die Bäume zu lauschen schienen und die Natur selbst ein Geheimnis zu hüten hatte.

Generaloberst Heinz Guderian, immerhin eine herausragende Figur des deutschen Militärs und Generalinspekteur der Panzertruppe, betrat den Hof mit einem Hauch von Skepsis. Die strengen Sicherheitsvorkehrungen, die ihn hier empfingen, waren ungewöhnlich. Soldaten patrouillierten aufmerksam um das Gelände, ihre Gewehre fest in den Händen gehalten, während sich andere in den Schatten der Bäume verbargen, ihre Blicke wachsam über das Land streifend.

Guderian, ein Mann von klarem Verstand und militärischem Geschick, spürte die Spannung in der Luft. Die Ereignisse der vergangenen Monate hatten das Deutsche Reich an den Rand des Abgrunds gebracht. Die Alliierten drängten von allen Seiten vor, während das Heer sich verzweifelt bemühte allen Aderlässen zum Trotz, die Fronten zu halten.

Was konnte diese geheime Versammlung bedeuten? Welches Spiel wurde hier gespielt, weit weg von den üblichen Strategien und Schlachten? Die Antworten lagen verborgen hinter den Mauern des Bauernhofs.

Guderian trat ein, sein Herz schwer von den Lasten des Krieges, sein Geist jedoch immer noch scharf wie eine Klinge. Denn inmitten der Dunkelheit suchte er nach einem Licht, einem Funken Hoffnung, der vielleicht doch noch das Schicksal des Reiches und Europas wenden könnte.

Generaloberst Heinz Guderian verließ den Bauernhof eine knappe Stunde später mit schweren Gedanken und einem Blick, der tief in die Ferne schweifte. Die geheime Besprechung hatte mehr Fragen aufgeworfen als Antworten geliefert, und die Last der Verantwortung drückte schwer auf seine Schultern.

Als er den Hof verließ, suchte sein Blick nach seinem treuen Fahrer, der ihn hergebracht hatte. Doch der Mann war nirgends zu sehen. Ein ungewohntes Gefühl der Besorgnis stieg in Guderian auf. In Zeiten wie diesen war jeder Augenblick kostbar, und Verzögerungen konnten verhängnisvoll sein, dazu war es schlicht unhöflich ihn warten zu lassen. Galt er auch Mann der Truppe, so hatte er dennoch seine Ansprüche und die besagten ganz sicher nicht, dass man ihn im Regen stehen ließe.

Inmitten seiner Gedanken erblickte er den vertrauten Anblick eines befreundeten Offiziers – Oberst Kundt. Der Mann stand von einem anderen Gesprächspartner umringt am Rande des Gehöfts, und Guderian fühlte sich sofort erleichtert, als er ihn erblickte.

Er eilte zu Kundt und klopfte ihm auf die Schulter. "Oberst Kundt, ich hoffe, Ihr könnt mir einen Gefallen tun. Mein Fahrer ist verschwunden, und ich muss dringend zurück. Könntet Ihr mich vielleicht mitnehmen?"

Kundt, ein Mann von Ehre und Loyalität, nickte sofort. "Aber natürlich, Generaloberst. Es wäre mir eine Ehre, Sie zu begleiten. Steigen Sie ein, wir machen uns sofort auf den Weg."

Guderian atmete erleichtert auf, als er in den Horch stieg, und während sie sich auf den Weg machten, wusste er, dass er sich auf die Unterstützung seines Freundes verlassen konnte – in einer Zeit, in der Vertrauen und Loyalität oft kostbarer waren als Gold.

Während sie durch die verschneiten Straßen der Eifel fuhren, hüllte die anbrechende Nacht ihr Gespräch in eine Aura der Geheimhaltung. Oberst Kundt lenkte das Auto geschickt durch die kurvigen Wege, während Generaloberst Guderian seine Gedanken über die soeben besprochene Ardennenoffensive ordnete.

"Diese Offensive...", begann Guderian zögerlich, seine Stimme von einem Hauch der Skepsis durchzogen. "Es ist ein riskantes Unterfangen, das steht außer Frage. Doch ist es auch notwendig, um dem Vormarsch der Alliierten Einhalt zu gebieten?"

Kundt seufzte, seine Miene ernst. "Es ist wahr, Generaloberst. Die Lage ist ernst. Die Alliierten drängen von allen Seiten vor, und unsere Ressourcen schwinden mit jedem Tag, der vergeht. Aber diese Offensive... sie erfordert nicht nur Mut, sondern auch kluge Planung und Ressourcen, die wir möglicherweise nicht mehr haben. Ich weiß nicht so recht."

Guderian nickte bedächtig. "Ja, das ist meine Sorge. Die Ardennen sind ein unwegsames Terrain, und der Winter macht jede militärische Operation zu einer Herausforderung. Ich weiß, ich weiß 1940...aber wir sind jetzt in einer völlig anderen Lage. Die Zeit arbeitet gegen uns. Wir müssen handeln, bevor es zu spät ist."

Die beiden Männer schwiegen einen Moment lang, während das Auto durch die Dunkelheit glitt. Dann sagte Kundt leise: "Vielleicht gibt es einen Weg, diese Offensive zu einem Erfolg zu führen. Aber es wird Opfer erfordern – vielleicht mehr, als wir bereit sind zu geben."

Guderian nickte ernst. "Das ist wahr. Doch in Kriegszeiten müssen wir manchmal Risiken eingehen, die uns zuvor undenkbar erschienen. Wir müssen uns auf unsere Fähigkeiten und die Loyalität unserer Männer verlassen. Und vielleicht, nur vielleicht, können wir so den Lauf der Geschichte doch noch beeinflussen. Der Führer verlässt sich auf uns...und die Truppe erst recht."

In diesem Moment war ihnen beiden klar geworden, dass die Entscheidungen, die sie trafen, nicht nur das Schicksal ihres Landes, sondern vielleicht auch das der ganzen Welt beeinflussen konnten...

Die Nacht hatte bereits ihre dunklen Schleier über den belgischen Wald gespannt, als die jungen Soldaten eines einsamen amerikanischen Stützpunkts sich langsam auf die wohlverdiente Ruhe vorbereiteten. In den Zelten und Unterständen herrschte eine Atmosphäre der Entspannung und der Vorfreude, denn trotz des Krieges und der Ferne von zu Hause war es doch die Weihnachtszeit und wohl auch der letzte Winter im Krieg.

Die Männer hatten sich in kleinen Gruppen versammelt, um sich an improvisierten Festtagstischen zu versammeln. Kerzen flackerten auf provisorischen Adventskränzen, und der Duft von Keksen und heißem Kakao erfüllte die Luft. Ein Grammophon spielte leise klassische Weihnachtslieder, und hier und da brach das Lachen eines Soldaten durch die Stille der Nacht, man tauschte kleine Briefe von Zuhause und Präsente aus.

Inmitten dieser scheinbaren Idylle ahnte niemand die Gefahr, die sich langsam im Dunkeln zusammenbraute. Die Wachen patrouillierten routinemäßig um den Stützpunkt herum, doch ihre Aufmerksamkeit war gelockert von der festlichen Stimmung und dem Glauben, dass in einer Nacht wie dieser nichts Unvorhergesehenes geschehen würde, an diesem Frontabschnitt geschah ohnehin nie etwas.

Doch unbemerkt von den feiernden Soldaten schlich sich die Dunkelheit näher, und die Schatten der Bäume verbargen eine Armee, die nur darauf wartete, ihren überraschenden Angriff zu starten. Denn auch inmitten der aufziehenden Weihnachtsstimmung konnte der Krieg keine Pause machen, und die Männer, die hier friedlich feierten, sollten schon bald in einen Kampf verwickelt werden, den sie sich niemals hätten vorstellen können.

Das dumpfe Knallen der Raketen durchbrach plötzlich die festliche Stille der Nacht und tauchte den Himmel in ein flackerndes Lichtspiel. Die Männer im amerikanischen Stützpunkt sahen überrascht auf, ihre Gespräche erstarben und die festliche Atmosphäre verwandelte sich in Verwirrung.

Doch anstatt in Alarmstimmung zu verfallen, wie es in solchen Situationen angebracht wäre, reagierten die Soldaten mit einer Mischung aus Neugier und Unverständnis. Einige lachten nervös, andere griffen hastig nach ihren Kameras, um die unerwartete Feuershow festzuhalten. Für viele war es der erste Einsatz an der Front, am D-Day, in Italien oder gar in Afrika war fast niemand aus dieser jungen Einheit gewesen.

"Was zum Teufel ist das?" rief einer der Soldaten aus und zeigte auf die leuchtenden Spuren am Himmel.
"Vielleicht eine Weihnachtsfeier der Deutschen!" scherzte ein anderer, doch sein Lachen klang nervös.

Die Unwissenheit und Unerfahrenheit der Männer war offensichtlich. Sie hatten sich so sehr in die festliche Stimmung eingehüllt, dass sie nicht einmal die Möglichkeit eines Angriffs in Betracht zogen. Die Gedanken an den Krieg schienen in dieser Nacht weit entfernt zu sein.

Doch während die Amerikaner noch versuchten, das Geschehene zu begreifen und die seltsamen Lichter am Himmel zu fotografieren, näherte sich unaufhaltsam die Gefahr. Denn die Raketen, die so friedlich über den Himmel tanzten, waren nicht Teil einer deutschen Weihnachtsfeier, sondern die Vorboten einer tödlichen Offensive, die den Stützpunkt und seine Männer bald in den Strudel des Krieges ziehen würde. Und während die Amerikaner noch unbeholfen mit ihren Kameras hantierten, standen sie unwissentlich am Rande des Abgrunds, bereit, in einen Kampf zu stürzen, den sie nicht hatten kommen sehen.

Die eisige Kälte drang durch die dicke Uniform des jungen deutschen Soldaten Michel, während er sich durch die dichten Ardennenwälder kämpfte. Der Winter hatte das Land fest im Griff, doch das hielt die deutsche Armee nicht davon ab, ihre Offensive zu starten. Überall hörte man das Knirschen von Schnee unter den Stiefeln und das Knacken der Äste, während die Soldaten sich ihren Weg durch das unwegsame Gelände bahnten.

In der Ferne donnerten die Motoren der Panzer IV, die sich unaufhaltsam durch die Schneewehen wälzten. Die Straßen waren von Schnee bedeckt, aber das behinderte die eisernen Ungetüme nicht. Der Schnee wurde von ihren massiven Ketten zermalmt, während sie sich ihren Weg durch die verschneiten Wälder bahnten.

Die Spannung in der Luft war greifbar, gemischt mit der Aufregung und dem Eifer der Soldaten, die bereit waren, für ihr Vaterland, ein letztes Mal, zu kämpfen. Doch unter der Oberfläche der Begeisterung lag auch die unheilvolle Ahnung des kommenden Kampfes. Denn hinter den Bäumen lauerten die Alliierten, bereit, sich dem Vormarsch der Deutschen entgegenzustellen und einen verzweifelten Kampf um jedes Stückchen Boden zu führen und niemand hatte Zeit für einen langen Kampf. Sogar die einfachen Landser ahnten, dass eine Verzögerung den ganzen Plan sprengen würde.

Während die Ardennen langsam von den Geräuschen des Krieges erfüllt waren, wusste keiner der Soldaten, wie das Schicksal dieser blutigen Winterschlacht aussehen würde. Aber sie marschierten weiter, fest entschlossen, ihre Pflicht zu erfüllen, egal welche Gefahren ihnen bevorstanden.

Die 6. Panzerarmee unter dem Kommando von Sepp Dietrich brach mit gewaltiger Wucht durch die feindlichen Linien, während der eisige Winterwind über die Ardennen heulte. Die Tiger-Panzer rollten unaufhaltsam vorwärts, ihre Ketten zermalmen den Schnee unter sich, während sie schon Malmedy passierten und den Übergang über die Amblève bei Stavelot erzwangen. Die Deutschen waren auf dem Vormarsch, angetrieben von der Überzeugung, dass der Sieg greifbar nahe war.

Doch auf dem rechten Flügel, nahe Monschau, trafen sie schon auf den erbitterten Widerstand der Amerikaner. Die Straßen waren mit Fallen und Hindernissen gespickt, und das Feuer der Verteidiger schien unaufhaltsam. Die Deutschen kämpften tapfer, aber der Vorstoß geriet ins Stocken, während sich der linke Flügel weit vor Lüttich befand und dennoch aufgrund unzureichender Treibstoffversorgung steckenblieb.

Inmitten dieses chaotischen Kampfes fand sich Hauptmann Müller, ein erfahrener Panzerkommandant, in seinem Tiger-Panzer wieder. Sein Gesicht war von Schmutz und Schnee verkrustet, während er durch sein Periskop die feindlichen Stellungen beobachtete. Der Lärm des Kampfes war ohrenbetäubend, doch Müller blieb ruhig und konzentriert.

Plötzlich ertönte eine laute Explosion, als eine feindliche Granate in der Nähe einschlug und den Boden erschütterte. Rauch und Staub füllten den Innenraum des Panzers, aber Müller und seine Crew blieben unversehrt. Schnell reagierte Müller und gab Befehle an seine Männer, während sie sich dem feindlichen Feuer entgegenstellten.

Die Schlacht tobte weiter, und Müller wusste, dass dies nur der Anfang war. Doch trotz der Gefahr und der ungewissen Zukunft blieb er entschlossen, seinen Auftrag auszuführen und für sein Vaterland zu kämpfen, koste es, was es wolle.

Die verschneiten Wälder der Ardennen waren still, als das unerfahrene US-Infanteriegeschwader 202 seine Positionen einnahm. Die Männer, viele von ihnen kaum ausgebildet, froren in ihren dünnen Uniformen und versuchten, sich gegen die beißende Kälte zu schützen. Sergeant O'Connor, der erfahrenste unter ihnen, befahl seinen Männern, Gräben auszuheben und sich so gut es ging zu tarnen. Die Angst war greifbar, als die Soldaten den dichten Nebel beobachteten, der durch die Bäume kroch.

Plötzlich durchbrach das Dröhnen schwerer Motoren die winterliche Stille. Panzer! Die Männer erstarrten, als aus dem Nebel die Silhouetten von deutschen Panzern auftauchten, angeführt von Hauptmann Müller, einem erfahrenen und erbarmungslosen Kommandanten. Müller hatte den Befehl, die alliierten Linien zu durchbrechen und zeigte keine Gnade.

„Stellung halten!", rief O'Connor, obwohl er selbst wusste, dass sie kaum eine Chance hatten. Die ersten Schüsse der deutschen Panther feuerten und die Erde um die GIs herum explodierte in einem Hagel aus Schnee und Dreck. Schreie erfüllten die Luft, als die Panzergranaten ihre Ziele trafen.

Die GIs versuchten verzweifelt, sich zu verteidigen. Einige von ihnen feuerten ihre Gewehre in die Richtung der Panzer ab, doch die Kugeln prallten wirkungslos an den dicken Panzerungen ab. Ein junger Soldat namens Thompson, kaum 19 Jahre alt, wurde von einem Splitter getroffen und sank schreiend zu Boden. Sein Kamerad, Private Miller, kniete neben ihm und versuchte, die Blutung zu stillen, doch es war vergebens. Thompsons Leben entglitt ihm zwischen den Fingern.

Die deutschen Panzer rückten unerbittlich vor. Hauptmann Müller befahl seinen Männern, das Feuer nicht zu stoppen. Maschinengewehrsalven fegten über die Gräben und zwangen die GIs, sich flach auf den Boden zu werfen. Es war ein aussichtsloses Unterfangen. Der Schnee um sie herum war bald rot vom Blut der Gefallenen.

Sergeant O'Connor wusste, dass sie sich zurückziehen mussten, wenn sie überhaupt eine Überlebenschance haben wollten. „Rückzug!", brüllte er, doch seine Stimme ging im Lärm des Gefechts unter. Einige der Männer hörten ihn und krochen aus ihren Stellungen, nur um sofort wieder unter schwerem Beschuss zu geraten.

Ein letzter, verzweifelter Versuch, die Panzer mit Handgranaten zu stoppen, endete in einem Massaker. Die Explosionen waren wirkungslos, und die deutschen Soldaten eröffneten das Feuer auf die tapferen, aber chancenlosen Amerikaner. Hauptmann Müller beobachtete das Geschehen mit kalten, berechnenden Augen. Er wusste, dass der Sieg ihnen gehörte.

Die wenigen Überlebenden der GIs, darunter auch ein schwer verwundeter O'Connor, wurden gefangen genommen oder starben im Schnee. Die Stille kehrte zurück, nur unterbrochen vom Knirschen der Panzerketten und dem vereinzelten Stöhnen der Verwundeten. Die Ardennen waren wieder still, doch der Boden war getränkt mit dem Blut derer, die hier gekämpft und gefallen waren.

Hauptmann Müller ließ seinen Blick über das Schlachtfeld schweifen. Ein weiterer Sieg, aber zu welchem Preis?

Der Geruch von echtem Kaffee und Menthol-Zigaretten hing schwer in der Luft des eintönigen Kommandoraums. Die Telegrafen rasselten unermüdlich, während die Nachrichten über die "geringen Einbrüche" an der Front eintrafen. General Dwight D. Eisenhower saß an seinem Schreibtisch, die Stirn in tiefe Falten gezogen, während er Berichte um Bericht las, die ihm von eifrigen Mitarbeitern fortwährend überreicht wurden.

"Was ist Ihre Einschätzung, Bradley?" fragte Eisenhower, seinen Blick von den Papieren erhebend, um zu seinem Vertrauten zu blicken.

General Omar Bradley stand am Fenster, die Hände auf dem Rücken verschränkt, und betrachtete die grauen Wolken, die den Himmel über Versailles bedeckten. "Ich halte es immer noch für möglich, dass dies nur ein Ablenkungsangriff ist, Sir. Die Deutschen könnten versuchen, Pattons Vormarsch im Saargebiet zu stören."

Eisenhower runzelte die Stirn. "Aber diese Berichte klingen anders, Omar. Es fühlt sich nicht wie ein örtlicher Angriff an. Es ist, als ob etwas Größeres im Gange ist."
"Ich verstehe, Sir. Aber wir sollten keine voreiligen Schlüsse ziehen. Es könnte alles Teil einer ausgeklügelten Taktik der Nazis sein."

In diesem Moment trat ein junger Offizier in den Raum, den Blick nervös gesenkt. "Sir, entschuldigen Sie die Unterbrechung, aber wir haben weitere Berichte von der Front erhalten. Die Lage scheint sich zu verschärfen."

Eisenhower seufzte und stand auf. "Danke, Lieutenant. Setzen Sie die Berichte auf meinen Schreibtisch. Wir müssen eine Strategie entwickeln."

Die Männer im Raum schwiegen, während Eisenhower langsam durch den Raum ging, die Hände hinter dem Rücken verschränkt, und über die Möglichkeiten nachdachte. Es war klar, dass dies kein gewöhnlicher Tag im Krieg war. Etwas Großes bahnte sich an, und es lag an ihnen, es zu verstehen und zu bekämpfen.

"Ike" griff zum Telefon.

Die Karten auf dem Tisch waren mit Markierungen übersät, die die Bewegungen der feindlichen Truppen und die Positionen der eigenen Streitkräfte darstellten. George S. Patton stand inmitten seiner Offiziere, seine Augen verengt auf die Karte gerichtet, während er die Lage analysierte.

"Wir haben keine Zeit zu verlieren", sagte Patton mit fester Stimme. "Die Deutschen brechen durch, und wir müssen sie aufhalten."

Ein junger Offizier trat vor und salutierte. "Sir, wir haben Berichte erhalten, dass die Reserven des SHAEF noch nicht einmal in Marschbereitschaft gesetzt wurden. Die Lage ist ernst."

Patton knirschte mit den Zähnen und ballte die Fäuste. "Verdammt noch mal. Wir können nicht darauf warten, dass sie sich entscheiden, etwas zu tun. Wir müssen handeln."

Plötzlich trat ein weiterer Offizier ein und hielt einen Funkspruch hoch. "Sir, wir haben eine Nachricht von Eisenhower erhalten. Er ordnet an, dass wir einen Linksschwenk nach Norden vornehmen sollen, um die vorstoßenden deutschen Truppen an ihrer südlichen Flanke anzugreifen."

Ein Aufblitzen der Entschlossenheit erschien in Pattons Augen. "Das ist unsere Chance. Bereitet alles vor. Wir marschieren sofort nach Norden."

Die Offiziere salutierten und begannen sofort, die Befehle ihres Generals auszuführen. Patton beobachtete, wie seine Männer sich eilig bewegten, und ein Gefühl der Entschlossenheit erfüllte ihn. Sie würden die Deutschen stoppen, koste es, was es wolle. Die 3. Armee würde sich erheben und den Feind zurückschlagen, und nichts würde sie aufhalten. Nicht noch einmal.

Der Nebel hüllte die dichten Wälder der Ardennen in ein undurchdringliches Grau, während die deutschen Truppen sich lautlos durch das Unterholz bewegten. Das leise Knistern von Zweigen unter den Stiefeln vermischte sich mit dem gedämpften Murmeln der Männer, die sich in gespannter Erwartung auf den bevorstehenden Angriff vorbereiteten. Hektisch wurden Befehle gerufen, die Karabiner geladen.

Oberleutnant Becker führte seine Einheit gerne an der Spitze an, sein Atem sichtbar in der eisigen Luft. Sein Herzschlag beschleunigte sich, als er das leise Brummen der amerikanischen Stellungen in der Ferne hörte. Es war Zeit. Die Deutschen griffen an.

Mit einem Handzeichen gab Müller das Signal, und seine Männer stürmten aus den Bäumen hervor, ihre Gewehre und Maschinenpistolen auf die feindlichen Linien gerichtet. Ein ohrenbetäubendes Feuergefecht brach los, als die deutschen Truppen über die unerfahrenen GIs herfielen, die sich in ihren Schützengräben verschanzt hatten.

Die jungen Amerikaner waren überwältigt von der plötzlichen Intensität des Angriffs. Viele von ihnen hatten noch nie zuvor in einem echten Gefecht gestanden und kämpften nun verzweifelt gegen einen Feind, der aus dem Nichts auf sie zugekommen war. Ihre Gewehre donnerten meist ins Leere, während sie versuchten, sich zu verteidigen, aber die deutschen Soldaten waren entschlossen und gut ausgebildet.

Panik und Chaos breiteten sich unter den GIs aus, als sie versuchten, sich gegen den Ansturm zu stemmen. Einige rannten blindlings davon, während andere in den Schützengräben um ihr Leben kämpften. Die Schreie der Verwundeten und Sterbenden vermischten sich mit dem Krachen der Gewehre und dem Knallen der Granaten. Irgendwann war Stille über dem Wald.

Müller führte seine Männer mit eiserner Entschlossenheit weiter vorwärts, seine Augen fest auf das Ziel gerichtet. Sie waren entschlossen, die amerikanischen Linien zu durchbrechen und den Sieg zu erringen, koste es, was es wolle. Inmitten des chaotischen Gemetzels der Schlacht kämpften die Deutschen verbissen und mit einer Entschlossenheit, die von einem eisernen Willen getrieben wurde. Dennoch waren die Landser plötzlich von einer eigentümlichen Stille eingenommen. Hinter Ihnen lag die massakrierten Schützengräben. Mit so einem brutalen Vorgehen, fast wie im Ersten Weltkrieg, hatte niemand gerechnet. Irgendetwas stimmte nicht mehr...

General Hasso von Manteuffel stand in einem provisorischen Befehlszentrum, in einem abgebrannten Bauernhaus, irgendwo mitten in den Ardennen, umgeben von Karten und Berichten über die aktuelle Lage. Seine Augen waren scharf und konzentriert, als er die Bewegungen der Truppen verfolgte und die nächsten Schritte plante.

Ein junger Offizier eilte in den Raum und salutierte respektvoll. "Herr General, wir haben Houffalize in der rechten und Wiltz in der linken Flanke eingenommen. Die Stadt Bastogne ist fast eingeschlossen."

Manteuffel nickte zufrieden. "Gut gemacht. Wir müssen die Infanterie dort halten und die Panzer schnell zur Maas vorstoßen lassen. Fordern Sie sofortige Verstärkungen von Model an."

In diesem Moment öffnete sich die Tür, und General Walter Model selbst trat ein, gefolgt von seinem Stab. "Manteuffel, wir brauchen dringend Verstärkungen. Unsere Männer halten, aber der Feind drückt stark."

Manteuffel nickte ernst. ". Herr Generalfeldmarschall? Nun ja... Ich habe bereits Verstärkungen angefordert. Aber wir müssen schnell handeln. Der Führer muss die sechs Divisionen, die noch in Reserve liegen, freigeben, um unseren Durchbruch zu unterstützen."

Model nickte zustimmend. "Ich werde ihn sofort kontaktieren und die Dringlichkeit unserer Situation erklären."

Die Männer um sie herum sahen sich an, die Spannung spürbar in der Luft. Die Deutschen wussten, dass dies ein entscheidender Moment in der Schlacht war. Ihr Erfolg hing davon ab, wie schnell sie reagieren konnten und wie effektiv sie ihre Kräfte einsetzten, um den Durchbruch zu nutzen. Manteuffel und Model würden alles tun, um sicherzustellen, dass ihre Truppen siegreich hervorgingen, selbst wenn es bedeutete, direkt mit Hitler zu verhandeln.

Im Führerhauptquartier Felsennest in der Eifel, seit dem Westfeldzug nicht mehr in Verwendung gewesen, herrschte eine angespannte Atmosphäre. Hitler saß an einem improvisierten Schreibtisch, umgeben von Karten und Berichten über die Schlacht in den Ardennen.

Um ihn herum standen seine engsten Berater, darunter Heinrich Himmler und Sepp Dietrich, die Anführer der SS-Divisionen, sowie einige ranghohe Offiziere der Wehrmacht.

"Mein Führer, wir müssen die SS-Divisionen im Norden einsetzen, um Dietrich noch eine Chance zu geben", argumentierte Himmler mit nachdrücklicher Stimme.

Hitler knurrte unzufrieden. "Aber Manteuffel benötigt dringend Verstärkungen, um den Durchbruch zu erzielen!"

Dietrich trat vor, sein Blick hart und entschlossen. "Mein Führer, die SS ist bereit, den entscheidenden Schlag zu führen. Wir dürfen diese Chance nicht verpassen."

Hitler seufzte schwer und griff nach einer Karte der Ardennen. "Gut, die SS-Divisionen werden im Norden eingesetzt. Aber ich werde nur drei Wehrmachtverbände freigeben, um Manteuffel zu unterstützen. Das ist das Äußerste, was ich tun kann."

Ein Gemurmel durchdrang den Raum, als die Offiziere die Entscheidung des Führers akzeptierten, auch wenn sie wussten, dass es nicht genug sein würde, um Manteuffel die dringend benötigte Unterstützung zu bieten.

Hitler erhob sich langsam von seinem Schreibtisch und richtete seinen Blick auf die Männer um ihn herum. "Lasst uns sicherstellen, dass dieser Angriff erfolgreich ist. Die Zukunft des Reiches hängt davon ab."

Mit diesen Worten verließ er den Raum, während seine Generäle und Offiziere sich in hastigen Diskussionen über die Umsetzung seiner Befehle vertieften, jeder von ihnen wissend, dass die Zeit knapp war und der Erfolg in den Ardennen entscheidend sein würde.

Die Stille in der verschneiten Ardennenlandschaft wurde jäh durchbrochen, als die mächtigen Motoren der SS-Königstiger brüllten und sich in Bewegung setzten. Die schweren Panzer rollten bedrohlich durch den dichten Wald, gefolgt von einer Einheit junger und unerfahrener Wehrmachts-Infanteristen, die ihnen ein wenig unbeholfen folgten.

An der Spitze des Konvois fuhr Obersturmbannführer Schmidt, ein erfahrener Offizier der SS, der die Operation leitete. Sein Gesicht war ausdruckslos, während er den Blick fest auf die vor ihnen liegende Stadt gerichtet hielt.

Die jungen Wehrmachts-Soldaten wirkten nervös und angespannt, ihre 98er fest umklammert, während sie sich darauf vorbereiteten, in den Kampf zu ziehen. Einige von ihnen hatten noch nie zuvor eine solche Schlacht erlebt und spürten die Last der Verantwortung auf ihren Schultern. Wie Guderian gesagt hatte, es waren nicht mehr die Landser von 1940 die hier marschierten.

Als sie sich dem ersten Ort näherten, wurde das Geräusch des Kampfes immer lauter. Gewehrsalven durchdrangen die Luft, begleitet von dem Knallen von Granaten und dem einsetzenden Dröhnen der amerikanischen Maschinengewehre.

Schmidt hob seine Hand und gab das Signal zum Angriff. Die Königstiger beschleunigten und brachen durch die Verteidigungslinien der Amerikaner, während die Wehrmachts-Infanteristen ihnen folgten, ihre Ängste unterdrückend und dem Beispiel ihrer Führungskräfte folgend.

Die GIs, die sich in den Häusern und auf den Straßen verschanzt hatten, waren überrascht von der plötzlichen und erbarmungslosen Angriffswelle. Die mächtigen Panzer rollten über Hindernisse hinweg, während die Infanteristen mit brachialer Gewalt vordrängten, ihre Gewehre und Maschinenpistolen auf die feindlichen Stellungen gerichtet.

Chaos und Verwüstung herrschten, als die SS-Königstiger und die unerfahrenen Wehrmachts-Soldaten den amerikanischen Verteidigern gegenüberstanden. Die Straßen wurden zu Schlachtfeldern, auf denen Leben und Tod entschieden wurden, während die Männer auf beiden Seiten mit allem kämpften, was sie hatten.

Schmidt führte seine Männer mit eiserner Entschlossenheit, sein Gesicht aus Stein gemeißelt, während er sie antrieb, weiter vorwärts zu drängen.

Die SS-Königstiger und die Wehrmachts-Infanteristen hatten die amerikanischen Verteidiger alsbald überwältigt und eine Gruppe von GIs gefangen genommen. Die Männer wurden grob gefesselt und aufgereiht, während ihre Bewacher wachsam darauf achteten, dass niemand entkam.

Obersturmbannführer Schmidt trat vor die gefangenen Amerikaner, sein Gesicht hart und unnachgiebig. "Was sollen wir mit ihnen machen?" fragte einer der jungen Wehrmachts-Offiziere unsicher.

Schmidt betrachtete die Gefangenen einen Moment lang schweigend, bevor er antwortete: "Wir müssen sie eigentlich verhören und herausfinden, was sie über die amerikanischen Stellungen wissen. Aber zuerst müssen wir entscheiden, wie wir grundsätzlich mit ihnen umgehen sollen..."

Die Wehrmachts-Offiziere und die SS-Führer versammelten sich in einem kleinen Kreis, um über das Schicksal der Gefangenen zu diskutieren. Einige plädierten für eine harte Behandlung, um Informationen zu erhalten, während andere für eine humanere Vorgehensweise eintraten.

"Wir sollten sie sofort erschießen", schlug einer der SS-Offiziere vor, seine Stimme kalt und unerbittlich. "Es gibt keine Zeit für Nachsicht."

Ein anderer Offizier widersprach energisch. "Nein, das können wir nicht tun. Es wäre unmenschlich und verstößt gegen die Genfer Konventionen. Wir müssen sie ordnungsgemäß behandeln und sie später verhören."

Die Diskussion wurde hitziger, während die Männer ihre Standpunkte verteidigten. Schmidt unterbrach schließlich die Debatte und hob die Hand, um Ruhe zu fordern.

"Wir werden sie vorerst inhaftieren und ihre Informationen sammeln", erklärte er mit Autorität. "Aber wir werden sie nicht misshandeln oder töten. Wir müssen uns an die Regeln des Krieges halten, wenn wir erwarten, dasselbe von unseren Feinden zu tun."

Die Männer nickten zustimmend, während sie sich darauf vorbereiteten, die Gefangenen zu einem provisorischen Lager zu bringen. Es war eine schwierige Entscheidung, aber sie wussten, dass sie die richtige getroffen hatten, wenn sie ihre eigene moralische Integrität bewahren wollten, selbst in Zeiten des Krieges.
Die SS-Männer wandten sich um und zum Schreck der Landser, war bald schon kein GI mehr am Leben.

Die Atmosphäre in dem improvisierten Konferenzraum in der Nähe von Verdun war angespannt, als die führenden Kommandeure der Alliierten sich versammelten, um über die aktuelle Lage zu beraten. General Dwight D. Eisenhower saß am Kopf des Tisches, umgeben von hochrangigen Offizieren wie Bradley, General Jacob L. Devers und natürlich Patton.

Die Männer hatten tiefe Sorgenfalten auf der Stirn, als sie die Karten der Ardennen studierten und die Berichte über den deutschen Vormarsch analysierten. Die Front war gespalten, das Befehlsgefüge bröckelte, und die Situation schien immer aussichtsloser zu werden.

Bradley wandte sich besorgt an Eisenhower. "Wir müssen handeln, Sir. Die Front droht auseinanderzubrechen, und die deutschen Truppen dringen unaufhaltsam vor."
"Ich stimme zu, Omar. Wir brauchen ein koordiniertes Vorgehen, um den Feind zurückzudrängen."

Devers erhob sich und schlug vor: "Vielleicht sollten wir die Briten um Hilfe bitten. Montgomery könnte im Norden eingreifen und die Front stabilisieren."

Patton, der normalerweise hitzig war, nickte zustimmend. "Es ist an der Zeit, über unsere Unterschiede hinwegzusehen und zusammenzuarbeiten, um diesen Angriff abzuwehren."

Eisenhower betrachtete die Männer um sich herum und spürte den Druck der Verantwortung auf seinen Schultern lasten. Er wusste, dass sie mutige Entscheidungen treffen mussten, selbst wenn es bedeutete, das Befehlsgefüge zu überdenken und die Kontrolle an einen anderen Kommandeur zu übergeben.

"Es ist entschieden", verkündete Eisenhower schließlich. "Montgomery wird im Norden eingreifen und die Führung über die 1. und 9. US-Armee übernehmen. Wir müssen jetzt handeln, bevor es zu spät ist."

Die Nacht in den Ardennen war eisig und dunkel, als eine Einheit von US-Rangern sich lautlos durch den Wald bewegte. Ihre Atemwolken verrieten ihre Anwesenheit, während sie sich langsam und behutsam vorwärts bewegten, bereit für ihren geplanten Überfall.

Angeführt von Captain Anderson, einem erfahrenen Offizier, hielten die Rangers ihre Gewehre fest umklammert, ihre Sinne auf das Schärfste gespannt, während sie sich dem deutschen Konvoi näherten. Das Knistern von trockenem Laub unter ihren Stiefeln hallte durch die Nacht, als sie sich in Position brachten.

Plötzlich erschien der Konvoi am Horizont, begleitet von dem leisen Grollen von Motoren und dem dumpfen Klirren von Ketten. Die Männer der Ranger- Einheit tauchten aus ihren Verstecken auf und eröffneten das Feuer auf die deutschen Späh-Fahrzeuge.

Ein Chaos aus Schüssen und Explosionen brach los, als die Rangers den Konvoi mit tödlicher Präzision angriffen. Granaten explodierten, während die deutschen Soldaten aus ihren Lastwagen sprangen, um sich dem Angriff entgegenzustellen.

Captain Anderson führte seine Männer mit Entschlossenheit und Mut, während sie den Deutschen immer weiter zusetzten. Die Amerikaner kämpften mit dem Wissen, dass dieser Überfall entscheidend sein könnte, um die Wende in der Schlacht herbeizuführen.

Als die Feuergefechte tobten und die Explosionswolken den Himmel verdunkelten, begannen die Rangers zum ersten Mal, einen Funken Hoffnung zu spüren. Sie spürten, dass sie den Feind überrascht hatten, dass sie kämpften und gewannen. Vielleicht, nur vielleicht, könnte dies der Moment sein, in dem sich das Blatt wendete.

Durch die raue Nacht hindurch kämpften die Rangers weiter, mit jedem Schuss und jeder Granate kämpften sie nicht nur für ihr eigenes Überleben, sondern auch für den Sieg im Namen ihres Landes. Als der Morgen heraufdämmerte, war nicht ein Landser noch am Leben.

Die Panzer IV von General Hasso von Manteuffel schossen wie mächtige Ungetüme durch den Wald, ihre Kanonenblitze leuchteten hell in der Dunkelheit, während sie ihr tödliches Feuer auf die fliehenden Amerikaner richteten. Explosionswolken stiegen auf, als die deutschen Geschosse ihre Ziele trafen, und die US-Panzer zerbrachen und brachen in Flammen aus. PAK-Schützen zogen fluchend ihre Geschütze hinterher, Kradmelder holperten über verschneite Pässe und Wurzelwerk. Zum letzten Mal in diesem Krieg sollte es für die Deutschen vorangehen, zumindest fühlte es sich so an.

Manteuffel beobachtete den Angriff von seinem Kommandokübel aus.

Seine Panzerformationen drängten die Shermans unaufhaltsam vor sich her, während sie weiter in das feindliche Gebiet vordrangen. Die Amerikaner versuchten verzweifelt, sich zu verteidigen, aber sie waren überwältigt von der überwältigenden Feuerkraft und dem Angriffstempo der deutschen Truppen.

Die Schlacht tobte weiter, und die deutschen Panzer verfolgten die fliehenden US-Einheiten erbarmungslos. Die Nacht war erfüllt von den Geräuschen des Krieges - das Donnern der Motoren, das Knallen der Kanonen und das dumpfe Aufheulen der Verwundeten. Nach den Aderlässen der letzten Monate ging es endlich wieder vorwärts!

Manteuffel wusste, dass dies ein entscheidender Moment im Kampf war. Der Feind war geschlagen und auf der Flucht, und er würde alles tun, um sicherzustellen, dass sie besiegt wurden. Mit einem stählernen Blick und einem festen Griff auf seinem Kommandostab führte er seine Truppen weiter vorwärts, bereit, den Feind bis zum Ende zu jagen und die Schlacht für das Deutsche Reich zu gewinnen.

Die Dunkelheit senkte sich über das Schlachtfeld in den Ardennen, als die bedrohliche Lage der Alliierten immer offensichtlicher wurde. In den Kommandozentralen herrschte eine angespannte Stille, während die Offiziere die Karten studierten und die Berichte über den Vormarsch der Deutschen lasen.

General Dwight D. Eisenhower stand am Fenster seines Befehlszentrums, sein Blick düster auf das nächtliche Gelände gerichtet. Die Nachrichten, die er gerade erhalten hatte, waren verheerend. Eine zwanzig Meilen breite Lücke klaffte zwischen der 101. Luftlandedivision in Bastogne und der 82. Luftlandedivision um Werbomont, und keine amerikanischen Kräfte waren verfügbar, um sie zu schließen.

Die Deutschen marschierten unaufhaltsam durch dieses Tor und bedrohten den Maasabschnitt von Namur über Dinant bis hin nach Givet, der praktisch unverteidigt war. Wenn die Deutschen die Maas überschritten, gab es nur noch eine Reserve, die sie aufhalten konnte - das britische XXX. Korps.

Die Atmosphäre in den Alliierten-Kommandozentralen war gespannt und bedrückend. Die Offiziere wussten, dass die Lage äußerst ernst war und dass sie schnell handeln mussten, um eine Katastrophe zu verhindern.

Eisenhower wandte sich an seine Berater und sagte mit ernster Stimme: "Wir müssen das XXX. Korps sofort mobilisieren und sie in die Lücke zwischen Bastogne und Werbomont bringen. Es ist unsere letzte Chance, den Feind aufzuhalten, bevor er die Maas erreicht."

Die Offiziere eilten in Aktion, während sie die Befehle des Oberkommandos umsetzten. Die Zeit drängte, und die Alliierten mussten alles tun, um den Vormarsch der Deutschen zu stoppen, bevor es zu spät war. Es war ein Moment der Entscheidung, und die Männer und Frauen in den Kommandozentralen waren entschlossen, alles zu tun, um die Freiheit und die Zukunft Europas zu verteidigen.

Jene Nacht des 19. Dezember brachte Chaos und Auflösung für eine US-Transporteinheit in den Ardennen. Die Straßen waren mit Schnee bedeckt, und die Dunkelheit wurde nur durch die Lichter der Fahrzeuge und das Flackern der Feuer erhellt, die in der Ferne loderten.

Die Transporteinheit, die mit der Versorgung der Truppen betraut war, befand sich plötzlich inmitten einer Situation, die außer Kontrolle geraten war. Die Kommunikation brach zusammen, und die Anweisungen von oben kamen zu spät oder waren unklar. Die Männer und Frauen in der Einheit kämpften verzweifelt, um die Versorgungslinien aufrechtzuerhalten, aber die Umstände überwältigten sie.

Major Stevens, der das Kommando über die Einheit hatte, rannte hektisch zwischen den Fahrzeugen hin und her, während er versuchte, die Dinge in Ordnung zu bringen. Sein Funkgerät knackte und knisterte vor Störungen, und seine Versuche, Kontakt zu anderen Einheiten aufzunehmen, blieben unbeantwortet.

"Verdammt noch mal, wir brauchen dringend Verstärkung!" rief er frustriert, während er seine Männer anwies, die beschädigten Fahrzeuge zu reparieren und die Versorgungslinien so gut es ging aufrechtzuerhalten.

Die Männer und Frauen der Transporteinheit arbeiteten unermüdlich, aber die Lage schien hoffnungslos zu sein. Das Chaos und die Auflösung um sie herum drohten, sie zu überwältigen, und sie kämpften gegen die Zeit, um die Versorgung der Truppen aufrechtzuerhalten.

Major Stevens wusste, dass er keine Zeit mehr hatte, um auf Hilfe von oben zu warten. Er musste Entscheidungen treffen und Maßnahmen ergreifen, um seine Einheit und die Männer, die von ihrer Versorgung abhängig waren, zu schützen. Es war ein Kampf gegen die Übermacht der Umstände, aber er würde alles tun, um seine Pflicht zu erfüllen und seine Männer sicher nach Hause zu bringen.

Der Morgen brach an und mit ihm die Umsetzung der Entscheidung von General Dwight D. Eisenhower. In seiner Kanzlei in Versailles griff Eisenhower zum Telefon und wählte die Nummer von General Omar Bradley. Das Gespräch, das folgte, war lang und hitzig, die Spannung in der Luft förmlich greifbar.

"Omar, wir müssen handeln", begann Eisenhower ernst. "Die Lage ist ernst, und wir können uns keine Verzögerungen mehr leisten."

Bradley antwortete mit einem Anflug von Ungeduld in der Stimme: "Aber Sir, wir haben bereits Maßnahmen ergriffen, um die Front zu stabilisieren. Die Truppen sind in Bewegung, und wir werden die Situation unter Kontrolle bringen."

Eisenhower seufzte schwer. "Das reicht nicht, Omar. Die Front ist unterteilt, und wir brauchen klare Führung, um den Feind aufzuhalten. Ich habe beschlossen, dass Montgomery den nördlichen Abschnitt kommandieren wird, und Sie... du wirst den südlichen Abschnitt übernehmen."

Es folgte eine kurze Stille am anderen Ende der Leitung, bevor Bradley antwortete: "Sir, das ist ein unerwarteter Schritt. Aber ich werde meinen Befehl ausführen."

Eisenhower nickte zufrieden, obwohl sein Gesicht von Anspannung gezeichnet war. "Das ist gut zu hören, Omar. Wir müssen geschlossen handeln, um diese Schlacht zu gewinnen."

Das Gespräch endete mit einem knappen "Nun also, Brad, es ist mein Befehl" von Eisenhower, bevor er den Hörer auflegte. Die Entscheidung war getroffen, und die Alliierten mussten nun mit vereinten Kräften kämpfen, um den Vormarsch der Deutschen aufzuhalten.

Die Front war nun unterteilt, mit Montgomery im Norden und Bradley im Süden.

Die kalte Morgenluft hing über der belagerten Stadt Bastogne, als die deutschen Panzertruppen unter General Hasso von Manteuffel ihre ersten Angriffe intensivierten. Die Panzer-Lehr-Division, von Manteuffel persönlich geführt, raste um die Stadt herum und drängte auf St. Hubert im Süden vor, während die 2. Panzer-Division den Ort im Norden umging.

In der Stadt selbst war die Lage kritisch. Anthony McAuliffe, der Befehlshaber in Bastogne, stand an der Spitze der eingeschlossenen amerikanischen Truppen. Trotz der wachsenden Übermacht der Deutschen und der zunehmenden Knappheit an Vorräten und Munition lehnte er standhaft eine Übergabe ab. Er wusste, dass die Verteidigung von Bastogne die deutschen Kräfte band und so anderen Fronten entlastete.

Die 7. Armee, die eigentlich die südlichen Straßen nach Bastogne hätte sperren sollen, erzielte nur anfangs einige Erfolge. Die Verteidiger in Bastogne waren gezwungen, aus ihren eigenen Reihen stärkere Teile zum Flankenschutz abzuzweigen, was immerhin dazu führte, dass die Spitze des deutschen Angriffskeils zunehmend geschwächt wurde.

Trotz der widrigen Umstände hielten McAuliffe und seine Männer standhaft aus. Sie kämpften Tag und Nacht, ihre Moral und Entschlossenheit ungebrochen, während die deutschen Truppen unablässig an ihren Mauern rüttelten.

Die Belagerung von Bastogne war ein entscheidender Moment in der Schlacht der Ardennen. Die Tapferkeit der Verteidiger und ihr unerschütterlicher Wille, standzuhalten, würden in die Geschichte eingehen. Und während die Deutschen weiterhin Druck auf die Stadt ausübten, war das Schicksal von Bastogne noch lange nicht besiegelt.

Die Belagerung von Bastogne dauerte an, und die Situation in der eingeschlossenen Stadt wurde zunehmend bedrohlich. Die deutschen Truppen umzingelten die Stadt und setzten ihre Angriffe fort, während die Amerikaner verzweifelt versuchten, ihre Position zu verteidigen.

In den Straßen von Bastogne herrschte ständiger Beschuss, und das Dröhnen der Artillerie erschütterte die Gebäude. Die

Verteidiger, knapp an Munition und Vorräten, kämpften mit allem, was sie hatten, während sie sich hinter den Trümmern der zerstörten Häuser verschanzten.

Anthony McAuliffe, der entschlossen die Verteidigung leitete, stand unerschütterlich an der Frontlinie. Sein Gesicht war von Anstrengung gezeichnet, aber sein Blick war fest und entschlossen. Er wusste, dass die Verteidigung von Bastogne von entscheidender Bedeutung war und dass sie den Deutschen so viel Widerstand wie möglich entgegensetzen mussten.

Die deutschen Truppen unter Manteuffels Kommando intensivierten ihre Angriffe und versuchten, die Verteidigungslinien zu durchbrechen. Die Panzer donnerten durch die Straßen, begleitet von dem Grollen der Motoren und dem Kreischen der Geschosse.

Trotz der scheinbar aussichtslosen Lage weigerten sich McAuliffe und seine Männer, aufzugeben. Sie kämpften mit unglaublicher Tapferkeit und Entschlossenheit, jeder Mann bereit, sein Leben für die Verteidigung der Stadt zu opfern.

Die Tage vergingen, und die Belagerung von Bastogne zehrte an den Kräften der Verteidiger. Aber ihr Wille blieb stark, und sie hielten stand, gegen alle Widrigkeiten und trotz der überwältigenden Übermacht des Feindes.

Die Belagerung von Bastogne würde in die Geschichte eingehen als ein Beispiel für den unerschütterlichen Mut und die Entschlossenheit der amerikanischen Soldaten in den dunkelsten Stunden des Krieges. Und während die Deutschen weiterhin auf Bastognes Mauern stießen, würden McAuliffe und seine Männer weiterkämpfen, bereit, bis zum letzten Atemzug zu verteidigen, was ihnen lieb war.

Der Wind peitschte durch die engen Gassen von Bastogne, trieb Schnee wie feine Nadelstiche in die Gesichter der Männer. Die Dunkelheit wurde nur durch das gelegentliche Aufleuchten von Mündungsfeuern und Explosionen durchbrochen. Es war der zweite Weihnachtstag 1944, und die Schlacht tobte unbarmherzig weiter.

Leutnant Hans Krüger drückte sich an die rußgeschwärzte Mauer eines halb zerstörten Hauses. Seine Finger klammerten sich um den kalten Stahl seines Karabiners, während er das schneebedeckte Gelände vor sich absuchte. Er konnte die Schreie und das Stakkato der Gewehrsalven hören, die die klare Winterluft zerrissen. Er wusste, dass seine Männer auf ihn zählten.

„Vorwärts!", schrie er und warf sich in den aufgewirbelten Schnee. Seine Männer folgten ihm, geduckt, die Augen wachsam. Sie mussten das nächste Haus erreichen, wo sich amerikanische Truppen verschanzt hatten. Krüger wusste, dass jede Verzögerung tödlich sein konnte.

Plötzlich zerriss ein ohrenbetäubender Knall die Nacht, als eine amerikanische Granate in ihrer Nähe einschlug. Krüger spürte, wie der Boden unter ihm erzitterte, und warf sich instinktiv zu Boden. Der Schnee um ihn herum wurde von der Explosion in die Luft geschleudert, und für einen Moment war alles von weißem Rauch und Lärm erfüllt.

„Weiter, weiter!", brüllte er und rappelte sich wieder auf. Er sah, wie seine Männer aufsprangen und weiterstürmten, ihre Gesichter entschlossen, trotz der Gefahr. Ein Schuss fiel, und Krüger sah, wie ein Soldat neben ihm zu Boden sank, das Leben aus ihm entwich. Doch es gab keine Zeit zu trauern.

Sie erreichten das nächste Haus, ein altes Steingebäude, dessen Fassade von Kugeln durchlöchert war. Krüger riss die Tür auf und warf eine Handgranate hinein. Ein dumpfer

Knall folgte, gefolgt von Schreien. Ohne zu zögern stürmten sie hinein, die MPs im Anschlag.

Drinnen herrschte Chaos. Amerikanische Soldaten, überrascht und desorientiert, versuchten, Deckung zu finden. Krüger zielte und drückte ab, sah, wie ein Feind zu Boden ging. Der Kampf war kurz und brutal. Am Ende lagen die Amerikaner tot oder verwundet am Boden, und das Haus gehörte ihnen.

Krüger atmete schwer, während er sich umsah. Seine Männer waren erschöpft, ihre Gesichter verschmiert mit Ruß und Blut. Doch sie hatten es geschafft, sie hatten dieses Haus erobert. Aber der Preis war hoch gewesen.

Draußen hörte er das Dröhnen eines deutschen Panzers, der durch die Straßen rollte, gefolgt vom Knattern der Maschinengewehre. Krüger wusste, dass dies nur ein kleiner Sieg in einer viel größeren Schlacht war. Doch für den Moment zählte nur, dass sie durchgehalten hatten.

„Gut gemacht, Männer", sagte er schließlich und versuchte, die Erschöpfung aus seiner Stimme zu verbannen. „Wir halten diese Stellung. Die Amerikaner werden es nicht leicht haben, uns hier wieder rauszuholen."

Seine Männer nickten, ihre Augen glühten vor Entschlossenheit. Krüger sah aus dem Fenster in die verschneite Nacht hinaus. Die Schlacht um Bastogne war noch lange nicht vorbei, und sie alle wussten, dass der härteste Kampf noch bevorstand. Aber sie würden kämpfen, Haus um Haus, Straße um Straße, bis zum letzten Mann. Denn das war alles, was sie tun konnten.

Im Hauptquartier der deutschen Truppen in St. Vith hatten sich die Offiziere versammelt, um die aktuelle Lage zu besprechen. Sie saßen um einen improvisierten Tisch herum,

Karten und Berichte vor sich liegend, während das Knistern des Funkgeräts im Hintergrund zu hören war.

General von Schmidt, der Kommandeur vor Ort, erhob sich und wandte sich an seine Männer: "Die Lage entwickelt sich zu unseren Gunsten, aber wir dürfen nicht nachlassen. Die 7. US-Panzerdivision in St. Vith ist der letzte Dorn im Auge, und wir müssen sie ausschalten, um unseren Vormarsch fortzusetzen."

Ein junger Offizier meldete sich zu Wort: "Herr General, die 7. US-Panzerdivision ist in einer Hufeisenlinie eingeschlossen und hat kaum noch Kontakt zu ihren Verbänden. Sie können nur noch per Kurier kommunizieren."

Von Schmidt nickte zustimmend. "Das ist gut für uns. Wir müssen den Druck aufrechterhalten und ihre Verteidigungslinien durchbrechen, bevor sie Verstärkung erhalten können."

Ein anderer Offizier fügte hinzu: "Wir haben Berichte erhalten, dass die Moral der Amerikaner in St. Vith sinkt. Sie sind von allen Seiten umzingelt und sehen keinen Ausweg mehr."

General von Schmidt nickte zufrieden. "Dann ist jetzt die Zeit gekommen, zuzuschlagen. Bereiten Sie die Truppen vor, wir werden einen koordinierten Angriff starten und die Amerikaner in St. Vith überrennen."

Die Offiziere erhoben sich und salutierten vor ihrem Kommandeur, bevor sie eilig die Vorbereitungen für den Angriff in die Wege leiteten. Die Belagerung von St. Vith würde bald enden, und die deutschen Truppen würden einen weiteren Sieg auf ihrem Weg nach Westen erringen.

Der Schnee fiel sanft vom Himmel, als das Hauptquartier der 1. US-Armee in den Ardennen in eine unerwartete Aufregung geriet. Das Geräusch von Motoren kündigte die Ankunft eines hochrangigen britischen Offiziers an - Field Marshal Bernard Montgomery.

Als Montgomerys Fahrzeug vorfuhr, öffneten sich die Türen des Hauptquartiers, und er trat mit entschlossenen Schritten heraus. Er wurde von seinen Offizieren begleitet, die ihm ununterbrochen Bericht erstatteten und die Lage auf dem Schlachtfeld schilderten.

Hodges, der Kommandeur der 1. US-Armee, war überrascht von Montgomerys plötzlicher Ankunft. Er hatte keine Vorwarnung erhalten und war nicht darauf vorbereitet, einen so hohen britischen Offizier zu empfangen.

Montgomery betrat das Hauptquartier mit einer Entschlossenheit, die von Entschlossenheit geprägt war. Er war besser informiert über die aktuelle Lage als Hodges selbst, dank seiner eigenen Verbindungsoffiziere, die die amerikanische Front beobachteten und ihm aus erster Hand berichteten.

Ein Stabsoffizier von Montgomery beobachtete die Szene und bemerkte mit einem Hauch von Ironie: "Der Feldmarschall schritt in Hodges' Hauptquartier wie Christus in den Tempel, um ihn zu reinigen."

Die Ankunft von Montgomery und die Übernahme des Kommandos im nördlichen Abschnitt des Schlachtfeldes lösten heftige Reaktionen im US-Heer, in der Presse und in der Öffentlichkeit aus. Die Amerikaner fühlten sich übergangen und ihre Autorität in Frage gestellt.

Während Hodges und Montgomery hinter verschlossenen Türen berieten, brodelte die Unzufriedenheit unter den amerikanischen Truppen. Die Entscheidungen der höheren Kommandoebenen hatten direkte Auswirkungen auf das

Schlachtfeld, und die Männer an vorderster Front waren besorgt darüber, wie sich die Entwicklung auf ihren Kampf auswirken würde.

In einem abgelegenen Raum des Hauptquartiers der 1. US-Armee trafen sich General Hodges und Field Marshal Montgomery, um die dringende Lage zu besprechen. Die Karten auf dem Tisch zeigten die Verschiebungen der Frontlinien, während das Flackern von Kerzen den Raum erhellte.

Montgomery, mit einem Ausdruck der Entschlossenheit auf seinem Gesicht, begann die Diskussion: "Die Lage ist ernst, aber wir können sie noch unter Kontrolle bringen. Der Schwerpunkt der deutschen Offensive liegt nun bei der 6. Panzerarmee, und wir müssen unsere Kräfte entsprechend neu ausrichten."

Hodges nickte, während er die Karten studierte. "Ja, wir müssen unsere Linien verkürzen und exponierte Frontvorsprünge zurücknehmen. Aber ich denke auch, dass wir angreifen müssen, um den Druck auf die Deutschen zu erhöhen."

Montgomery hob die Hand, um Hodges zu unterbrechen. "Verstehen Sie mich nicht falsch, General. Ich stimme zu, dass wir entschlossen handeln müssen, aber wir müssen auch klug vorgehen. Die 82. Luftlandedivision hat bereits Maßnahmen ergriffen, um die angreifende Kolonne Peipers einzukreisen und die Verbindung zu St. Vith herzustellen."

Hodges nickte zustimmend. "Das ist gut zu hören. Dann sollten wir unsere Bemühungen darauf konzentrieren, die Front zu stabilisieren und unsere Verteidigungslinien zu festigen, bevor wir zu weiteren Gegenangriffen übergehen."

Die beiden Kommandeure setzten ihre Beratungen fort, während sie Pläne schmiedeten, um den Vormarsch der Deutschen aufzuhalten und die Initiative zurückzugewinnen.

In einer Zeit, in der die Alliierten mit einer der größten Herausforderungen des Krieges konfrontiert waren, war ihre Entschlossenheit und ihr gemeinsames Handeln von entscheidender Bedeutung für den Ausgang der Schlacht.

Die eisige Kälte der Ardennen hüllte die Wälder in ein dichtes Schweigen, das nur vom gelegentlichen Knirschen des Schnees durchbrochen wurde. "Sergeant" Jakob Wagner und seine Männer schlichen sich durch den dichten Wald, getarnt in amerikanischen Uniformen. Ihr von Himmler persönlich erdachte und auch nach dem Kriegsrecht des Dritten Reiches illegaler Plan war es, die amerikanischen Streitkräfte zu verwirren und Chaos zu stiften in dem sie sich glatt als GI's ausgaben.

Plötzlich erklang ein Schuss aus der Ferne, gefolgt von weiteren, die wie ein hektisches Trommelfeuer durch die Stille hallten. Die Männer von Sergeant Wagner erstarrten, als sie erkannten, dass sie nicht die einzigen waren, die sich in den Wäldern versteckt hielten.

„Verdammt!", fluchte er leise, während er sich hinter einem Baum duckte. „Wir sind entdeckt worden."

Die Amerikaner hatten den Köder längst entlarvt und reagierten mit einer unerbittlichen Entschlossenheit. Artilleriefeuer brach über die Bäume herein, und das Knattern von Maschinengewehren durchdrang die Luft. Die Männer gerieten in ein infernales Kreuzfeuer, das ihnen keine Chance ließ.

„Wir müssen hier raus!", brüllte Wagner über den Lärm hinweg und gab seinen Männern das Zeichen, sich zurückzuziehen. Doch der Wald schien sich gegen sie verschworen zu haben, und die feindlichen Truppen schlossen die Falle mit jeder Minute weiter.

Inmitten des Chaos kämpften die Männer verzweifelt um
ihr Überleben, während die Schüsse und Explosionen um sie
herum tobten. Doch trotz ihrer Tarnung hatten sie es unterschätzt – die Amerikaner waren besser vorbereitet und ent-
schlossener als erwartet.

Ihre Mission, Verwirrung zu stiften, hatte stattdessen nur
dazu geführt, dass sie selbst in die Falle gerieten.

Die Landser rannten verzweifelt durch den dichten Wald,
die feindlichen Schüsse und Explosionen waren wie ein uner-
bittlicher Sturm, der sie umtoste. Im hastigen Fluchtversuch
verloren sie ihre Ausrüstung im dichten Unterholz, und der
Verlust verstärkte ihr Gefühl der Hilflosigkeit.

Plötzlich zerschmetterte eine feindliche Granate die Bäume
in ihrer Nähe, und splitternde Äste regneten über sie herab.
Ein Schrei zerriss die Luft, als einer von Wagners Männern
von einem Geschoss getroffen wurde und zu Boden stürzte,
sein Körper von Blut durchtränkt.

„Weiter!", brüllte er, seine Stimme vom Lärm übertönt.
Doch selbst er wusste, dass ihre Chancen schwindend gering
waren. Die Einheit war in kompletter Auflösung, die Männer
verstreuten sich wie Blätter im Wind, jeder kämpfte nur noch
um sein eigenes Überleben.

Ein weiterer Schuss traf einen seiner Männer, der sich mit
einem Schrei in den Schnee fallen ließ. Er konnte die Angst
und Verzweiflung in den Augen seiner verbleibenden Kameraden sehen, während sie sich durch das Dickicht zwängten,
ohne zu wissen, wohin sie liefen.

Als sie schließlich eine kleine Lichtung erreichten, wurde
ihnen klar, dass die feindlichen Streitkräfte sie vollständig
umzingelt hatten. Die Männer standen wie verlorene Seelen
inmitten des Infernos, während feindliche Soldaten auf sie
zielten.

„Hände hoch! Hands up!", brüllte eine raue Stimme auf Englisch, und Wagner wusste, dass ihre Flucht ein tragisches Ende gefunden hatte. Die Einheit war besiegt, ihre Mission gescheitert, und nun würden sie die Konsequenzen tragen müssen.

Der falsche Sergeant hielt einen Moment inne, seine Hand instinktiv an seine blutende Seite gepresst, während er die Sinnlosigkeit des Krieges um sich herum bestaunte. Er jetzt bemerkte er seine schwere Verletzung. Um ihn herum tobte das Chaos weiter, das Knattern der Maschinengewehre und das Getöse der Artillerie beider Seiten zerriss die Luft. Doch für ihn schien die Welt plötzlich still zu stehen.

Er ließ seinen Blick durch den verschneiten Wald schweifen, dessen friedliche Schönheit nun von Tod und Zerstörung entweiht war. Die Bäume, die einst stolz in den Himmel ragten, waren nun zerschunden und zersplittert, als ob sie den Schrecken des Krieges nicht ertragen konnten.

Die Gesichter seiner Kameraden blitzten vor seinem inneren Auge auf, diejenigen, die bereits gefallen waren, und diejenigen, die noch kämpften. Er dachte an die Männer, die er verloren hatte, an die Träume und Hoffnungen, die mit ihnen begraben wurden.

Ein bitteres Lächeln spielte um seine Lippen, als er die Sinnlosigkeit dieses Konflikts erkannte. Es gab keine Ehre im Sterben, kein heldenhaftes Ende. Nur Tod und Verderben, die den Preis für die Gier und den Wahnsinn der Mächtigen zahlten.

Mit letzter Kraft hob er seinen Blick zum Himmel, wo die Sonne durch die Wolken brach, als wollte sie einen letzten Hauch von Wärme in diese kalte, erbarmungslose Welt bringen. Er schloss die Augen und ließ sich von der Stille umfangen, während sein Leben langsam verblasste.

In diesem letzten Moment des Friedens erkannte er, dass der einzige Sieg im Krieg darin bestand, ihn zu überleben. Doch selbst das war ein trügerischer Trost in einer Welt, die von Gewalt und Zerstörung geprägt war.

Mit einem letzten Seufzer ließ er los und ertrank in der Dunkelheit.

Hauptmann Müller ritt unterdessen auf einem Panzer durch die verschneiten Straßen einer namenlosen Ardennen-Ortschaft, während um ihn herum die Männer der Kampfgruppe Peiper pures Chaos verbreiteten. Häuser wurden in Flammen gesetzt, Schüsse hallten durch die Luft, und das Geschrei der Zivilisten erfüllte seine Ohren. Doch inmitten dieses Infernos spürte Müller ein unbehagliches Gefühl der Beklemmung. Seit Stunden ging dieser Amoklauf und sicher war sich Müller seiner Sache nicht mehr.

Er sah die verängstigten Gesichter der Menschen, die aus ihren Häusern flohen, ihre Leben von Gewalt und Zerstörung bedroht. Kinder weinten, Frauen schrien, während die Männer der Kampfgruppe Peiper rücksichtslos alles niederbrannten, was ihnen in den Weg kam.

Ein eisiger Schauer lief ihm über den Rücken, als er die Sinnlosigkeit dieses Vorgehens erkannte. Was hatten diese unschuldigen Menschen getan, um solche Gewalt zu verdienen? War dies wirklich der Weg, den er als Soldat der Wehrmacht unterstützen sollte?

Zweifel nagten an seinem Gewissen, während er die Zerstörung um sich herum beobachtete. Er konnte die Stimmen der Vernunft in seinem Inneren hören, die ihn dazu drängten, sich gegen dieses Unrecht zu erheben, doch die Furcht vor den Konsequenzen hielt ihn zurück.

Als er die verzweifelten Blicke der Menschen sah, die in Angst vor ihrem Leben flohen, wusste er, dass er nicht länger schweigen konnte. Er musste eine Entscheidung treffen, auch wenn es bedeutete, sich gegen seine eigenen Kameraden zu stellen.

Mit einem Entschluss, der in seinem Herzen loderte wie eine Flamme, hob Müller seine Stimme über den Lärm des Krieges hinweg.

„Haltet ein!", rief er, seine Stimme mit einem Hauch von Verzweiflung durchdrungen. „Das ist falsch! Wir dürfen uns nicht an unschuldigen Menschen vergehen."

Seine Worte wurden von einem Moment der Stille begleitet, bevor sie von einem wütenden Brüllen übertönt wurden. Die Männer der Kampfgruppe Peiper wandten sich gegen ihn, ihre Augen voller Zorn und Missachtung.

Doch Müller stand fest, seine Entscheidung war gefällt. Auch wenn es bedeutete, sich gegen seine eigenen Kameraden zu stellen, konnte er nicht länger schweigen und das Unrecht tolerieren.

Mit einem letzten Blick auf die verzweifelten Gesichter der Menschen um ihn herum, schwor er, dass er nicht länger Teil dieses sinnlosen Chaos sein würde...

Der Motor seines Jagdflugzeugs heulte auf, während Leutnant Klaus Müller über den dichten Wäldern der Ardennen flog. Die kalte Luft drang durch die Cockpitfenster und ließ ihn frösteln, während er sich konzentriert umschaute, auf der Suche nach feindlichen Flugzeugen. Die Ardennenoffensive war in vollem Gange und sogar von hier oben waren die Gefechte am Boden gut zu sehen.

Plötzlich tauchte eine Formation von alliierten Jagdflugzeugen am Horizont auf. Klaus' Herz begann schneller zu schlagen, als er erkannte, dass er sich mitten in einem Luftkampf befand. Er zog an seinem Steuerknüppel und führte sein Flugzeug in einem waghalsigen Manöver, um den Feinden zu entkommen. Die G-Kräfte drückten ihn in seinen Sitz, während er die Maschine durch enge Kurven steuerte, um den feindlichen Kugeln zu entkommen.

Die Luft füllte sich mit Rauch und Feuer, als die beiden Seiten erbittert kämpften. Klaus spürte den Adrenalinschub durch seine Adern pulsieren, während er zielsicher auf einen alliierten Jäger zielte. Seine Finger umklammerten den Abzug seines Bord-MGs, und er drückte ab, als er die feindliche Maschine ins Visier nahm. Eine Explosion erleuchtete den Himmel, als der Feind in Flammen aufging und abstürzte.

Er konnte sich jedoch wahrlich nicht lange darüber freuen, als ihm eine Salve eines Jabos den er übersehen hatte gegen die Schneibe prasselte und alsbald füllte sich auch seine Me mit Rauch und Feuer bevor sie über den einsamen Wäldern der Ardennen niederging.

Der Wald erbebte unter dem Dröhnen der deutschen Panther, die sich unaufhaltsam durch das dichte Unterholz vorwärts schoben. Die Bäume bebten im Rhythmus ihres Donners, während Schatten und Licht sich im tanzenden Spiel ihrer Ketten und Kanonen widerspiegelten.

Unter den Soldaten, die dieses makabere Schauspiel flankierten, befand sich auch der junge Hamburger Infanterist Hans Overbeck. Normalerweise war er vom Lauf der Dinge an der Front eher belastet. Doch heute fühlte er eine seltsame Leichtigkeit in sich aufsteigen. Es war, als ob die drückende Last der vergangenen Monate für einen Moment von ihm abfiel und einer unerwarteten Hoffnung Platz machte.

Mit einem breiten Grinsen im Gesicht beobachtete Hans die vorbeiziehenden Panzer. Die Stimmung unter den Soldaten war ansteckend. Die Gewissheit, dass sie endlich in die Offensive gingen, dass sie nicht länger nur reagieren mussten, sondern selbst die Initiative ergriffen, durchströmte die Reihen wie ein lebendiges Feuer.

"Hast du das gesehen, Fritz?" rief Hans seinem Kameraden zu, der neben ihm im Schutz der Bäume stand. "Das sind unsere Panzer! Unsere Jungs zeigen den Alliierten, was wir draufhaben!"

Fritz, der normalerweise eher zurückhaltend war, konnte sich dem Enthusiasmus seines Freundes nicht entziehen. Auch er lächelte, während er den Panzern nachblickte. "Ja, Hans, das ist wirklich großartig. Endlich haben wir eine Chance, den Spieß umzudrehen."

Ein Gefühl von Stolz erfüllte Hans, als er sah, wie die deutschen Truppen vorrückten. Die düsteren Tage des Rückzugs schienen für einen Moment vergessen, als die Aussicht auf einen möglichen Sieg in greifbare Nähe rückte. Vielleicht, dachte er, würde dieser Tag in die Geschichte eingehen als der Wendepunkt, an dem das Blatt sich zugunsten Deutschlands wendete.

Doch selbst inmitten dieser Euphorie konnte Hans nicht vergessen, dass der Krieg noch lange nicht vorbei war. Die Gewissheit, dass auch dieser Tag mit Schmerz und Opfern verbunden sein würde, lag schwer in der Luft. Aber für diesen kurzen Moment im dichten Wald der Ardennen konnte er all das ausblenden und sich einfach nur von der Aufbruchsstimmung mitreißen lassen.

Ein ohrenbetäubendes Dröhnen durchbrach plötzlich die jubelnde Atmosphäre, gefolgt von einem gleißenden Lichtblitz am Himmel. Hans erstarrte, sein Herz schien für einen

Moment stehen zu bleiben, als er realisierte, was geschehen war.

"Luftangriff!", brüllte jemand in Panik.

Der klare Himmel, der eben noch von Hoffnung erfüllt schien, füllte sich nun mit Rauch und Feuer. Die deutschen Panzer, die eben noch unaufhaltsam vorgerollt waren, wurden zu Zielscheiben in einem infernalischen Höllenspektakel.

Hans spürte, wie die Angst ihn ergriff. Er war wie gelähmt, unfähig zu handeln, während um ihn herum die Welt in Flammen aufging. Schreie durchzogen die Luft, das Knistern brennender Bäume vermischte sich mit dem Donnern der explodierenden Bomben.

"Wir müssen hier raus!", schrie Fritz, der neben Hans stand und ihn am Arm packte, um ihn aus seiner Starre zu reißen.

Mit klopfendem Herzen und zitternden Beinen folgte Hans seinem Kameraden, während sie sich durch das Gewirr von Trümmern und Rauch kämpften. Überall um sie herum brachen Soldaten zusammen, verletzt oder getötet von den gnadenlosen Angriffen aus der Luft.

Es war ein Horrorszenario, das Hans sich in seinen schlimmsten Albträumen nicht hätte ausmalen können. Die Hochstimmung von eben war wie weggeblasen, ersetzt durch eine Welle der Verzweiflung und des Schocks.

Als sie endlich aus dem Inferno des Waldes herauskamen, stolperten sie in eine surreale Stille. Die Panzer, die eben noch so mächtig durch den Wald gegraben hatten, lagen nun wie verlassene Spielzeuge, umgeben von verkohlten Trümmern und dem Geruch von Verwesung.

Hans starrte in die Asche und versuchte, den Schrecken dieses Moments zu begreifen. Die Hoffnung, die er eben noch gespürt hatte, war wie zerschmettert unter dem unerbittlichen Angriff aus der Luft.

Inmitten des Chaos und der Zerstörung wurde die Welt um Hans herum plötzlich verschwommen. Sein Kopf drehte sich, und ein dumpfer Schmerz durchzuckte seinen Verstand. Er spürte, wie seine Beine nachgaben, und seine Sicht wurde von einem wirbelnden Strudel aus Rauch und Feuer eingehüllt.

Fritz, der bemerkte, dass Hans zu schwanken begann, eilte zu ihm herüber und versuchte, ihn aufzufangen. "Hans! Hans, bleib bei mir!", rief er verzweifelt, doch seine Worte wurden von dem Dröhnen der Explosionen übertönt.

Doch Hans' Bewusstsein war bereits weit fort, entflohen in eine dunkle Leere, die ihm Zuflucht vor dem Grauen der Realität bot. Sein Körper sank schlaff zu Boden, sein Geist abgeschnitten von den Schrecken der Welt.

Die Zeit verlor jede Bedeutung für Hans, als er in einem unendlichen schwarzen Nichts gefangen war, weit weg von den brennenden Wäldern und den schreienden Stimmen des Krieges.

Um ihn herum tobte weiterhin der Wahnsinn des Schlachtfelds, doch für Hans gab es nur die Stille der Ohnmacht, während er im Schatten des Todes dahinträumte.

Hier die Nummer mit NUTS

In seinem neuen Hauptquartier in Belgien verfolgte General Dwight D. Eisenhower die Entwicklungen auf den Schlachtfeldern mit gebannter Aufmerksamkeit. Die Nachrichten von der Ardennenoffensive und dem überraschenden deutschen Vorstoß hatten ihn zunächst schockiert, doch seine Entschlossenheit wurde mittlerweile nur noch gestärkt, als er die Reaktion seiner Truppen sah.

Trotz des plötzlichen Angriffs und der verheerenden Luftangriffe blieb Eisenhower fest entschlossen. Er wusste, dass die Alliierten die Mittel und die Entschlossenheit hatten, um diesén Angriff zurückzuschlagen und letztendlich den Sieg zu erringen, und es sei es auch nur eine lange Abnutzungsschlacht. Viel mehr beunruhigte ihn, dass man nach dem Fiasko von Arnheim die Deutschen offenbar ein weiteres Mal unterschätzt hatte. Geschlagen war das Dritte Reich offenbar noch lange nicht. In Anbetracht dessen was der Deutschen Führung bevorstand mussten sie ja fast mit dem Rücken zur Wand kämpfen.

Sein Blick war dennoch fest und sein Geist fokussiert, als er mit seinen Kommandeuren plante und im Minutentakt die strategischen Entscheidungen traf. Die Herausforderungen waren enorm, aber Eisenhower war fest davon überzeugt, dass die Alliierten durch ihre gemeinsame Entschlossenheit und ihre unermüdliche Opferbereitschaft triumphieren würden. So hatte er es angekündigt, so hatte er es vor dem D-Day auch in der Wochenschau gesagt. Und schlimmer noch: würde die Offensive im Westen nun scheitern, würde das nicht den Deutschen zum Sieg verhelfen, sondern den Russen. Stalin machte kein Geheimnis aus seinen Plänen für Europa und so wussten die Westalliierten längst, dass man ihm und seinen Spießgesellen nicht trauen durfte.

In seinem Herzen loderte die Flamme der Entschlossenheit und des Glaubens an den Sieg. Eisenhower wusste, dass die Schlacht noch lange andauern würde, aber er war bereit, jeden Schritt des Weges zu gehen, um den Feind zu besiegen und den Frieden wiederherzustellen.

Mit einem festen Händedruck und einem entschlossenen Blick wandte sich Eisenhower seinen Pflichten zu, fest entschlossen, die Alliierten zum Sieg zu führen und das Kriegsglück endgültig zu wenden.

Als Müller langsam aus seiner Bewusstlosigkeit erwachte, fühlte er zunächst nur dumpfe Schmerzen, die seinen Körper durchdrangen. Sein Kopf pochte rhythmisch, und sein Blick war verschwommen, als er mühsam versuchte, sich aufzurichten.

Um ihn herum herrschte eine gespenstische Stille, die nur von gelegentlichen entfernten Schüssen und dem leisen Knistern der Flammen durchbrochen wurde. Die Überreste seiner Einheit erstreckten sich vor ihm wie ein Albtraum, der in der Realität verankert war.

Er tastete seinen Körper ab und spürte den stechenden Schmerz, der von seinen Verletzungen ausging. Seine Kleidung war zerrissen, und Blut klebte an seiner Haut. Doch trotz der Schmerzen und der Verwirrung, die seinen Geist umhüllten, erinnerte er sich daran, dass er nicht allein war. Seine Kameraden mussten irgendwo in der Nähe sein.

Mit zitternden Händen und einem mühsamen Stöhnen gelang es ihm, sich aufzurichten und sich langsam durch das Trümmerfeld zu bewegen. Jeder Schritt war eine Qual, doch der Gedanke an seine Kameraden gab ihm die Kraft, weiterzumachen.

Schließlich entdeckte er einen zusammengesunkenen Soldaten, der reglos auf dem Boden lag. Müller eilte zu ihm hinüber und erkannte erleichtert seinen Kameraden Becker, der bewusstlos schien, aber noch am Leben war. Mit letzter Kraft zog er ihn aus der Gefahrenzone und suchte Schutz in den Überresten einer Art Beobachtungsposten.

Als er sich neben seinem Kameraden niederließ, überkam ihn eine Welle der Verzweiflung und der Trauer über die Zerstörung, die um sie herum herrschte. Doch inmitten all des Elends fühlte er auch einen Funken Hoffnung, dass sie gemeinsam überleben und weiterkämpfen würden, egal wie düster die Lage auch sein mochte.

Weihnachtsabend

Die Luft knistere vor Spannung, während Generalfeldmarschall Manteuffel den Hörer fest an sein Ohr drückte, während er auf die Verbindung mit Hitlers Hauptquartier wartete. Seine Stirn war von Sorgenfalten durchzogen, denn die Lage an der Front war ernst. Die Alliierten drückten mit aller Macht, und Treibstoffknappheit hielt seine Truppen davon ab, weiter vorzustoßen.

Endlich, nach gefühlten Stunden des Wartens, erreichte er die ersehnte Verbindung. Die Stimme auf der anderen Seite klingt ernst, autoritär - es war Jodl, Hitlers rechte Hand.

"Manteuffel, na endlich ... sprechen Sie", sagte Jodl knapp.

Manteuffel atmete tief durch und begann, die verzweifelte Lage an der Front zu schildern. "Wir stecken fest. Die Treibstoffreserven schwinden, und unsere Truppen sind von den Amerikanern abgeschnitten. Wir brauchen dringend eine neue Strategie."

Hitlers Stimme erklang nun im Raum, kalt und bestimmend. "Was schlagen Sie vor, Manteuffel?"

Manteuffel zögerte nicht. Seine Stimme war fest und entschlossen. "Wir müssen die Maas nicht überschreiten. Stattdessen sollten wir kreisförmig nach Norden vordringen, um die feindlichen Kräfte zu umgehen und ihnen den Rückzug abzuschneiden. Wir brauchen Unterstützung - Treibstoff, Luftangriffe. Alles was wir kriegen können"

Die Stille am anderen Ende der Leitung war beinahe greifbar, während Manteuffel auf eine Antwort wartete. Dann sprach Jodl: "Der Führer hat noch keine Entscheidung getroffen. Alles, was wir im Moment tun können, ist, Ihnen eine weitere Panzer-Division zur Verfügung zu stellen."

Manteuffels Herz sank. Eine weitere Division mochte helfen, aber es war bei weitem nicht genug, um die Front zu stabilisieren. Doch er nickte und dankte für die Unterstützung.

Plötzlich meldet sich eine weitere Stimme im Raum - es war Model, der sich in die Diskussion einschaltet. Seine Worte waren entschieden, doch verhalten. "Wir könnten Kräfte freisetzen, wenn wir den Angriff im Elsass aufgeben. Bastogne muss unser erster Fokus sein."

Hitlers Antwort war immer knapp, sinnfrei und endgültig. "Bastogne muss fallen."

Manteuffel schloß die Augen für einen Moment, während er die Bedeutung dieser Worte auf sich beruhen ließ. Er wusste, dass er nur für den ersten Akt freie Hand hatte.

Die Verbindung wurde unterbrochen, und Manteuffel blieb allein mit seinen Gedanken zurück. Draußen tobte der Krieg, und er wusste, dass er keine Zeit zu verlieren hatte.

Vorposten der 2. Panzer-Division, Ardennen, 25. Dezember, früher Morgen

Die kalte Morgenluft hing schwer über den verschneiten Wäldern der Ardennen, als die Männer der 15. Panzergrenadier-Division sich in Position brachten. Die Stille wurde nur vom Knirschen des Schnees unter ihren Stiefeln und dem leisen Summen der Panzermotoren durchbrochen. Es war der erste Weihnachtsfeiertag, und die Männer wussten, dass sie bald in die entscheidende Schlacht ziehen würden.

Um 03:00 Uhr brach die Stille abrupt, als der Angriff begann. Die Deutschen stürmten voran, durchbrachen die Linien der Alliierten und schlugen zwei Breschen. Doch die Amerikaner ließen sich nicht so leicht bezwingen. Mit einer Entschlossenheit, die durch die Feiertagsstimmung verstärkt schien, riegelten sie die Durchbrüche ab. Jeder deutsche Panzer wurde außer Gefecht gesetzt, und kein einziger Infanterist entkam.

Währenddessen, auf dem Höhenrücken über Dinant, wartete die Vorhut der 2. Panzer-Division ungeduldig. Seit anderthalb Tagen hatten sie auf Verstärkung und Treibstoff gewartet, um den entscheidenden Sprung den Westhang der Ardennen hinunter an die Maas zu machen. Doch die Verstärkung blieb aus, und die Division blieb isoliert.

In der Ferne dröhnten die Geschütze, und die Männer spürten die Anspannung in der Luft. Die Amerikaner rückten in überwältigender Stärke auf ihre rechte Flanke vor, und die Deutschen bereiteten sich darauf vor, den Kampf aufzunehmen.

Die Sonne stieg langsam über den Horizont, als die Schlacht in den Mittagstunden begann. Die Männer der 2. Panzer-Division stellten sich bereit, ihre Positionen zu verteidigen, denn sie wussten, dass der Ausgang dieses Kampfes nicht nur über Territorium, sondern über Leben und Tod entscheiden würde.

Der eisige Wind peitschte über die verschneiten Ardennen und ließ die Bäume ächzen, während die deutschen Soldaten sich durch den dichten Wald zwängten. Ihre Uniformen waren durchtränkt von Schnee und Schlamm, ihre Gesichter müde und gezeichnet von den Strapazen der letzten Tage. Die Ardennen-Offensive, ein verzweifelter Versuch, die alliierten Truppen zurückzudrängen, war gescheitert. Jetzt blieb den Soldaten nur der mühsame Rückzug.

Müller, noch mit zerschrammtem Gesicht, führte seine Einheit an, doch selbst er, ein erfahrener Offizier, war vollkommen verwirrt über die Lage. Die Kommunikation mit dem Oberkommando war zusammengebrochen, und sie waren auf sich allein gestellt.

"Verdammt nochmal, wo zum Teufel sind wir hier?" brüllte einer der Soldaten, während er versuchte, den Weg durch das dichte Unterholz zu finden.

Müller blickte auf die Karte, die er immer wieder hervorgeholt hatte, in der Hoffnung, einen Hinweis auf ihre Position zu finden. Doch die Landschaft schien sich ständig zu verändern, und die Orientierungspunkte, die er kannte, waren plötzlich verschwunden.

"Wir müssen weitergehen", sagte Müller mit einem Anflug von Verzweiflung in seiner Stimme. "Vielleicht finden wir einen Weg aus diesem verdammten Wald heraus."

Die Männer folgten seinem Befehl, doch ihr Marsch war langsamer geworden, ihre Schritte unsicher. Sie hatten den Glauben an einen erfolgreichen Ausgang längst verloren.

Plötzlich durchbrach ein entferntes Geräusch die Stille des Waldes. Ein dumpfes Dröhnen, gefolgt von einem fernen Donnern. Die Soldaten blieben stehen und lauschten gespannt.

"Das klingt wie Artilleriefeuer", murmelte Becker.
Müller runzelte die Stirn. "Aber von welcher Seite kommt es? Freund oder Feind?"

Die Soldaten tauschten ratlose Blicke aus. In ihrer Verwirrung konnten sie nicht einmal mehr zwischen Freund und Feind unterscheiden.

Doch dann, aus dem Dickicht vor ihnen, brach eine Gruppe alliierter Soldaten hervor, Gewehre im Anschlag. Ein Moment der Stille folgte, während sich beide Seiten gegenseitig anstarrten, bevor das Knattern von Gewehrsalven die Luft zerriss.

Im Chaos des Gefechts verlor sich jegliche Orientierung vollends. Müller und seine Männer kämpften verbissen, ohne zu wissen, ob sie sich in die richtige Richtung bewegten oder ob sie überhaupt eine Chance hatten, diesem Albtraum zu entkommen.

Der Wind peitschte Schneeflocken durch die düsteren Wälder der Ardennen, während sich der Soldat der Wehrmacht durch die verlassene Landschaft kämpfte. Seine Uniform war zerschlissen und mit Schmutz und Blut bespritzt, doch sein Blick brannte noch immer voller Entschlossenheit.

Die Einsamkeit drückte auf ihn wie eine Last, während er durch den dichten Schnee stapfte. Sein Atem bildete kleine Wolken vor seinem Gesicht, und der eisige Griff des Winters schien sich unaufhaltsam um ihn zu schließen.

Plötzlich hörte er ein Knacken im Unterholz und hielt inne, seine Hand instinktiv nach seiner Waffe greifend. Sein Herz raste, als er sich langsam umdrehte, bereit für den nächsten Kampf. Doch statt Feindesheeren erblickte er nur einen einsamen Wolf, der sich durch den Schnee bewegte, seine Augen leuchteten in der Dunkelheit.

Ein Moment der Ruhe überkam ihn, während er den majestätischen Anblick des Tieres betrachtete. In diesem Moment schien die Welt still zu stehen, und die Grenzen zwischen Freund und Feind verschwammen in der Kälte des Winters.

Doch dann riss ihn ein plötzlicher Schuss aus seiner Trance. Die Kugel pfiff knapp an seinem Kopf vorbei, und der Soldat taumelte zurück, seine Sinne wieder schärfend. Ein Feind verbarg sich im Dickicht, und er war nicht allein.

Mit einem kühnen Sprung suchte der Soldat Deckung hinter einem umgestürzten Baumstamm und zog seine Waffe, sein Herz pochte laut in seinen Ohren. Die Ardennen waren immer noch ein Schlachtfeld, und er würde um sein Überleben kämpfen, koste es, was es wolle.

Der Schnee fiel dicht und unaufhörlich vom Himmel, während die Soldaten des 290. Infanterieregiments durch die Wälder nahe Amonines, Belgien, kämpften. Jeder Atemzug fühlte sich an, als würde man durch eine eisige Barriere stoßen, doch ihr Kampfgeist war ungebrochen.

Die Männer bahnten sich ihren Weg durch den tiefen Schnee, ihre Stiefel knirschend auf dem gefrorenen Boden. Die Kälte biss in ihre Gesichter, doch ihr Ziel war klar: den Feind aufzuhalten, koste es, was es wolle.

Plötzlich brach das Geknatter von Maschinengewehren die Stille, und die Männer duckten sich instinktiv hinter Bäume und Felsen. Die Ardennen waren ein Labyrinth aus Tod und Zerstörung, und jeder Schritt konnte der letzte sein.

Eine Gruppe deutscher Soldaten stürmte aus dem Schutz der Bäume hervor, ihre Gewehre donnerten in der Stille des winterlichen Waldes. Doch die Männer des 290. Infanterieregiments hielten stand, ihr Mut ungebrochen trotz der eisigen Kälte und des Feuers, das auf sie niederging.

Mit vereinten Kräften kämpften sie sich vorwärts, jeder Schritt ein Kampf gegen die Elemente und die Feinde, die im Schutz des Schnees lauerten. Doch ihr Glaube an ihre Mission und aneinander gab ihnen die Kraft, weiterzumachen, selbst in den dunkelsten Stunden des Krieges.

Die Schüsse verebbten langsam, und die Stille kehrte zurück in die winterliche Landschaft. Die Männer des 290. Infanterieregiments standen erschöpft, aber siegreich, inmitten des Schnees, ihr Mut und ihre Entschlossenheit ungebrochen trotz der Grausamkeiten des Krieges.

Der dichte Nebel der Ardennen verschleierte das graue Morgenlicht, als der Tigerpanzer der Waffen-SS sich vorsichtig durch den Wald schob. Der Boden zitterte unter dem Gewicht der Ketten, die über den gefrorenen Boden rollten. Hauptmann Müller saß wieder konzentriert im Kommandantenstuhl, seine Augen unablässig auf die umliegenden Bäume gerichtet, als ob er ihre Geheimnisse lüften könnte. Die Funken der Hoffnung, die Operation Wacht am Rhein in die deutschen Reihen gebracht hatte, loderten in seinem Inneren. Die Offensive musste nun endlich gelingen.

„Feindlicher Panzer voraus, drei Uhr!" rief der Richtschütze. Sein Herz setzte für einen Moment aus, bevor er seine Stimme fand.

„Anhalten! Feind erfassen! Feuer frei!"

Der mächtige Tigerpanzer kam ruckartig zum Stillstand, und Müller drehte den Turm, bis er den M4 Sherman im Visier hatte. Der amerikanische Panzer erschien wie ein schemenhaftes Monster durch den Nebel, kaum sichtbar, aber eindeutig eine Bedrohung. Müllers Finger zitterten nicht, als er den Abzug drückte. Der donnernde Knall der 88-mm-Kanone hallte durch die Bäume, gefolgt vom Aufprall des Geschosses auf den Sherman. Ein Feuerball erhellte die Szene, als der amerikanische Panzer explodierte.

Doch die Ruhe war nur von kurzer Dauer. Weitere Sherman-Panzer tauchten auf, ihre Kanonen blitzten im Nebel auf, während sie das Feuer erwiderten. Brandt spürte, wie der Tiger von den Treffern erschüttert wurde, aber die dicke Panzerung hielt stand.

„Rückwärts, zurückziehen!" befahl er dem Fahrer. Der Tiger setzte sich rückwärts in Bewegung, während Müller erneut feuerte. Ein weiterer Sherman geriet in Flammen, aber zwei weitere rückten unaufhaltsam vor.

„Wir können nicht ewig hier bleiben", brummte der Funker, Heinrich Weber. „Wir müssen Verstärkung anfordern."

„Verstärkung ist unterwegs", antwortete Müller, auch wenn er sich seiner Worte nicht sicher war. Der Feind schien unendlich viele Panzer zu haben, und ihre eigene Position war gefährlich isoliert.

Ein plötzlicher Schlag erschütterte den Tiger, und der Motor starb ab. Rauch drang durch die Lüftungsschlitze, und Müller wusste, dass sie getroffen worden waren.

„Ausstieg!", schrie er, die Luke aufreißend. „Schnell, raus hier!"

Die Besatzung folgte ihm hastig, sprang aus dem brennenden Wrack und suchte Schutz im dichten Unterholz. Die Explosion des Munitionslagers des Tigers war ohrenbetäubend und hinterließ ein brennendes Wrack, das wie ein Mahnmal in der verschneiten Landschaft stand.

Müller hustete, die kalte Luft schmerzte in seinen Lungen, aber er wusste, dass sie weiterkämpfen mussten. Die Ardennenoffensive war noch lange nicht vorbei, und sie würden bis zum letzten Mann kämpfen müssen, um ihr Ziel zu erreichen. Mit einem letzten Blick auf den brennenden Tiger machte er sich auf den Weg, um sich mit den restlichen deutschen Einheiten zu vereinen.

Der Krieg tobte weiter, und der Nebel verschluckte die tapferen Männer, die unbeirrt für ihr Vaterland kämpften.

Die drei deutschen Soldaten, die sich durch das dichte Unterholz geschlagen hatten, kauerten nun in einer verlassenen Ruine, die einst ein stattliches Bauernhaus gewesen war. Das Dach war eingestürzt, die Wände von Granatsplittern zerfetzt, und die einst stolzen Fenster blickten nun wie hohle Augen in die verwüstete Landschaft hinaus. Der Schnee, der durch die klaffenden Löcher im Dach gefallen war, bedeckte den Boden und verlieh der Szene eine gespenstische Stille.

Feldwebel Hans Keller zog seinen Mantel enger um sich, um der beißenden Kälte zu trotzen. „Wir können nicht ewig hier bleiben", murmelte er, mehr zu sich selbst als zu seinen Kameraden. Sein Gesicht war gezeichnet von Erschöpfung und Sorge.

Neben ihm saß Obergefreiter Fritz Becker, der seinen Karabiner säuberte. „Vielleicht haben sie uns schon aufgegeben", sagte er hoffnungsvoll, auch wenn seine Augen misstrauisch die Umgebung scannten.

Der dritte Mann, Hauptmann Müller, war blutjung, kaum zwanzig Jahre alt, und zitterte vor Angst und Kälte. „Was machen wir jetzt?", fragte er mit bebender Stimme. „Wir können nicht einfach hier sitzen und warten."

Er seufzte. „Wir müssen abwarten, bis es sicher ist. Vielleicht können wir uns dann durchschlagen und zu unseren Linien zurückkehren."

Plötzlich war ein dumpfes Geräusch zu hören, das die drei Männer aufschrecken ließ. Müller hob die Hand, um Ruhe zu signalisieren, und alle lauschten angestrengt. Schritte näherten sich durch den Schnee, und das Herzklopfen der Soldaten war fast hörbar in der stillen Ruine.

Ein Schatten bewegte sich vor dem eingestürzten Fenster, und Keller spannte seinen Karabiner, bereit, zu schießen. Doch bevor er den Abzug betätigen konnte, trat ein Mann in die Ruine – ein amerikanischer Soldat, die Waffe im Anschlag. Seine Augen weiteten sich vor Überraschung, als er die drei Deutschen sah.

„Hände hoch!", rief der Amerikaner in gebrochenem Deutsch. „Keine Bewegung!"

Becker hob langsam die Hände, und auch die anderen taten es ihm gleich. „Wir ergeben uns", sagte er ruhig, obwohl sein Herz wild pochte. „Wir sind keine Bedrohung."

Der Amerikaner nickte knapp und winkte zwei weitere Soldaten herbei, die aus dem Schnee auftauchten und ihre Waffen auf die Deutschen richteten. Einer von ihnen durchsuchte die Männer gründlich, nahm ihnen die Waffen ab und fesselte ihre Hände.

„Ihr werdet Kriegsgefangene sein", antwortete einer der Amerikaner, ein älterer Mann mit hartem Blick. „Aber keine Sorge, ihr werdet fair behandelt."

Die drei deutschen Soldaten blickten sich stumm an, jeder in Gedanken versunken, als Müller ein stummes Signal gab. Sie waren keine Feiglinge, aber das hier war ein Spiel um ihr Überleben.

„Achtung", flüsterte Keller kaum hörbar. „Bereithalten."

Der Schatten eines weiteren amerikanischen Soldaten tauchte vor dem eingestürzten Fenster auf. Sein Helm und die Umrisse seines Gewehrs waren durch den Nebel kaum zu erkennen. Mit einem raschen Blick verständigte sich Dietrich mit seinen Kameraden. Becker spannte leise den Abzug seines Karabiners, während Keller zitternd sein Messer griffbereit hielt.

Plötzlich durchbrach ein donnernder Schuss die Stille. Müller hatte als Erster gefeuert, sein Ziel sicher treffend. Der amerikanische Soldat stürzte mit einem Schrei zu Boden. Chaos brach aus. Die restlichen GIs vor dem Haus eröffneten das Feuer, Kugeln peitschten durch die Ruine und ließen Holzsplitter und Steine fliegen.

„Raus hier, sofort!", brüllte Müller und gab den Befehl zum Rückzug. In der Verwirrung des Feuergefechts stürzten die drei Deutschen durch eine Öffnung in der Wand, die wohl einst eine Tür gewesen war.

Sie rannten, geduckt und atemlos, durch das Unterholz, während die Kugeln hinter ihnen in die Bäume schlugen. Der Lärm des Gefechts war ohrenbetäubend, doch der dichte Wald bot ihnen Schutz und Deckung.
„Hier entlang!", rief er und deutete auf einen schmalen Pfad, der tiefer in den Wald führte.

Nach einer endlosen Hetzjagd durch den Wald kamen sie keuchend an einer kleinen Lichtung zum Stehen. Für einen Moment wagten sie es, innezuhalten und Atem zu schöpfen. Die Geräusche des Gefechts waren hinter ihnen verklungen, doch die Gefahr war noch lange nicht vorbei.

„Was jetzt?", fragte Becker außer Atem.

„Wir müssen weiter", antwortete Keller entschlossen. „Wir müssen uns durch die feindlichen Linien schlagen und versuchen, unsere Einheiten zu finden."

Becker nickte, während er die Umgebung absuchte. „Wir können nicht lange bleiben. Sie werden uns suchen."

Mit einem letzten Blick auf die Ruine, die nun weit hinter ihnen lag, setzten sie ihren Marsch fort. Jeder Schritt war von Vorsicht und Anspannung geprägt, doch sie wussten, dass sie kämpfen mussten, um zu überleben. Der Krieg war noch nicht vorbei, und sie hatten noch einen langen Weg vor sich.

Die frühe Morgenluft war klar und kühl, als die deutsche Panzerdivision vor den Toren von Dinant sich wieder in Bewegung setzte. Die Männer waren voller Tatendrang und Entschlossenheit, überzeugt davon, dass sie das Blatt wenden und den Feind zurückdrängen könnten. Die imposanten Tiger- und Panzer IV-Panzer rollten über die schneebedeckten Straßen, ihre Motoren brummten wie große, stählerne Bestien. Feldwebel Traak saß im Kommandantenstuhl seines Tigers und fühlte den Pulsschlag der Maschine unter sich.

„Heute ist der Tag, an dem wir Geschichte schreiben", sagte er zu seinem Fahrer, Unteroffizier Fritz Lehmann, der neben ihm saß. „Wir werden ihnen zeigen, wozu wir fähig sind."

Lehmann nickte und ein selbstbewusstes Lächeln huschte über sein Gesicht. „Jawohl, Herr Feldwebel. Sie werden uns nicht aufhalten können."

Die Kolonne setzte sich zügig in Bewegung. Vorbei an Ruinen und gefallenen Bäumen, über vereiste Flüsse und durch dichte Wälder bahnte sich die Division ihren Weg Richtung Front. Die Männer scherzten und lachten, ihre Zuversicht war ansteckend. Die Wintersonne stand hoch am Himmel und reflektierte auf dem Schnee, als ein plötzliches, ohrenbetäubendes Geräusch die Luft zerriss.

Ein dröhnendes Motorengeräusch näherte sich schnell aus dem Westen. Traak schaute auf und sein Herz setzte für einen Schlag aus. Am Himmel zeichnete sich eine Formation amerikanischer P-47 Thunderbolt Jagdbomber ab. Ihre Silhouetten waren wie dunkle Schatten gegen das helle Blau des Himmels.

„Feindliche Flugzeuge! Alle in Deckung!", brüllte er in sein Funkgerät, doch es war zu spät. Die Thunderbolts stürzten sich mit unheilvoller Präzision auf die Kolonne.

Explosionen rissen nicht nur die Stille in Stücke. Die ersten Panzer wurden getroffen, ihre dicken Stahlwände konnten den Bomben und Raketen der Flugzeuge nicht standhalten. Flammen schossen in den Himmel, als die Männer der Division in einem Inferno aus Feuer und Rauch untergingen. Traak sah, wie der Panzer vor ihm von einem direkten Treffer auseinandergerissen wurde, die Besatzung hatte keine Chance zu entkommen.

„Verdammt!", schrie Lehmann und riss das Steuer herum, um aus der Schusslinie zu kommen. Doch die Thunderbolts waren unbarmherzig. Eine Rakete traf den Tiger von Traak an der Seite, der Panzer wurde durch die Wucht des Treffers zur Seite geschleudert.

Er spürte die Hitze und den Druck der Explosion, seine Ohren klingelten, und er kämpfte darum, bei Bewusstsein zu bleiben. „Ausstieg!", keuchte er, seine Stimme kaum mehr als ein Flüstern. Lehmann und die anderen Besatzungsmitglieder schafften es, sich aus dem brennenden Wrack zu befreien und in den Schnee zu rollen.

Die Angriffe der Thunderbolts dauerten an, eine nach der anderen fielen die Panzer der Division den fliegenden Raubtieren zum Opfer. Innerhalb weniger Minuten war die hochmotivierte Panzerdivision, die sich noch vor kurzem siegessicher auf den Weg gemacht hatte, in ein brennendes Trümmerfeld verwandelt.

Traak, mit schmerzverzerrtem Gesicht und blutenden Wunden, sah die Zerstörung um sich herum. Die Männer, die eben noch so voller Hoffnung waren, lagen nun verletzt oder tot im Schnee. Die amerikanischen Flieger zogen ab, ihre Mission erfüllt, während über der zerstörten Kolonne eine bedrückende Stille einkehrte.

Lehmann zog Traak auf die Beine und half ihm, sich aufzurichten. „Was jetzt ?", fragte er mit zitternder Stimme.

Traak schaute auf die verkohlten Überreste der Division und spürte, wie sich Verzweiflung in ihm breit machte. Doch er wusste, dass sie weiterkämpfen mussten. „Wir finden die Überlebenden und ziehen uns zurück", sagte er schließlich mit fester Stimme. „Der Krieg ist noch nicht vorbei, und wir werden wieder kämpfen."

Die Männer, die übrig geblieben waren, sammelten sich, stützten einander und begannen den mühsamen Rückzug. Die Euphorie und Zuversicht des Morgens waren verflogen, ersetzt durch die harte Realität des Krieges. Doch in ihren Herzen brannte noch immer ein Funken Hoffnung, dass sie eines Tages zurückschlagen würden.

Generaloberst Wilhelm Reinhardt stürmte zu jener Zeit gerade die Treppen hinauf zur deutschen Kommandozentrale, sein Gesicht eine Maske aus Entschlossenheit und Zorn. Er musste dringend mit den Stabsoffizieren sprechen, um die neuen Entwicklungen an der Front zu besprechen. Die Situation war kritisch, und jede Minute zählte. Der General konnte das Dröhnen der Ferngeschütze in der Ferne hören, während er die schwere Eichentür zur Zentrale aufriss.

„Major Müller! Hauptmann Braun!", rief er, während er durch den Flur eilte. Doch die erwarteten Antworten blieben aus. Mit einem mulmigen Gefühl in der Magengrube trat er in den Hauptkommandoraum. Was er sah, ließ ihn abrupt stehen bleiben.

Die Zentrale war verlassen.

Tische und Stühle standen umgestürzt herum, als hätte jemand in größter Eile den Raum verlassen. Karten und Dokumente lagen verstreut auf dem Boden, als ob sie achtlos fallengelassen worden wären. Telefone hingen von den Haken, und das Summen der unbenutzten Geräte erfüllte die Stille mit einem unheimlichen Klang.

„Verdammt! Wo sind alle hin?", murmelte Reinhardt vor sich hin und rannte zum Haupttisch, wo eine große Karte des Frontverlaufs ausgebreitet lag. Er sah auf die Stempel und

Markierungen, die die Positionen der deutschen und alliierten Truppen darstellten. Die Linien waren stark verschoben, die Situation war noch katastrophaler, als er befürchtet hatte.

Plötzlich hörte er hinter sich Schritte und drehte sich schnell um, die Hand instinktiv an seiner Pistole. Ein junger Leutnant stand im Eingang, das Gesicht blass und verschwitzt.

„Herr Generaloberst!", stammelte der Leutnant. „Wir haben die Zentrale evakuieren müssen. Die Alliierten sind näher, als wir dachten. Ein Spähtrupp hat sie weniger als fünf Kilometer entfernt gesichtet."

Reinhardt schnaubte wütend. „Und warum hat man mich nicht informiert?"

Der Leutnant trat nervös von einem Fuß auf den anderen. „Es ging alles so schnell, Herr Generaloberst. Major Müller und die anderen Offiziere haben sich zum südlichen Bunker zurückgezogen, um von dort aus die Kommunikation aufrechtzuerhalten."

Reinhardt seufzte und ließ seine Hand von der Pistole sinken. „Dann bleibt uns keine Zeit zu verlieren. Wir müssen sofort zum Bunker. Der Feind rückt schneller vor, als wir kalkuliert haben."

Er griff nach den wichtigsten Dokumenten auf dem Tisch und stopfte sie hastig in seine Ledertasche. Mit einem letzten, wehmütigen Blick auf die verlassene Zentrale eilte er mit dem Leutnant im Schlepptau die Treppen hinunter. Die Kälte des Winters schlug ihnen entgegen, als sie ins Freie traten, doch der General fühlte nichts davon. Sein Geist war ganz auf die drohende Gefahr und die bevorstehenden Entscheidungen konzentriert.

„Leutnant, bereiten Sie ein Fahrzeug vor. Wir brechen sofort auf. Jede Verzögerung könnte uns das Leben kosten."

Der junge Offizier salutierte und lief davon, um den Befehl auszuführen. Reinhardt stand für einen Moment still und betrachtete die schneebedeckte Landschaft um ihn herum. Der Krieg hatte ihnen bereits so viel genommen, und nun drohte das Unvermeidliche näher zu rücken. Doch er würde nicht aufgeben. Nicht jetzt, wo so viel auf dem Spiel stand.

Der Motor eines Kübels heulte auf, und Reinhardt stieg ein, den Blick fest nach vorne gerichtet. Es würde ein harter Weg werden, aber er würde kämpfen, bis zum letzten Mann, wenn es nötig war.

Im deutschen Hauptquartier herrschte eine angespannte Stille, die nur vom gelegentlichen Knirschen der Stiefel auf dem gefrorenen Boden unterbrochen wurde. Generalleutnant von Lüttwitz stand mit gerunzelter Stirn über einem großen Tisch, auf dem eine detaillierte Karte von Bastogne ausgebreitet war. Die Tischecken wurden von Sandsäcken beschwert, und ein Ölofen spendete dürftige Wärme.

Ein junger Offizier, Leutnant Konert, trat nervös an den General heran und reichte ihm ein Schreiben. „Herr General, die Antwort der Amerikaner ist eingetroffen."

Von Lüttwitz nahm das Schreiben entgegen und überflog es mit einem Stirnrunzeln. „Nuts?" murmelte er, sichtlich irritiert. „Was soll das bedeuten?"

Die anderen Offiziere im Raum sahen sich fragend an. Niemand schien auf Anhieb die Bedeutung des Wortes zu kennen. Ein Major, der neben dem General stand, räusperte sich. „Es muss irgendein amerikanischer Ausdruck sein, aber ich bin mir nicht sicher, was er bedeutet."

Von Lüttwitz' Stirnrunzeln vertiefte sich. „Wir brauchen eine genaue Übersetzung. Jemand soll den Übersetzer holen."

Einige Minuten später wurde der Übersetzer, ein älterer Mann mit schlohweißem Haar und einem dicken Wörterbuch unter dem Arm, herbeigeholt. Er warf einen kurzen Blick auf das Schreiben und begann, in seinem Buch zu blättern.

„Nuts... Nuts...", murmelte er vor sich hin, während seine Finger durch die Seiten glitten. Schließlich hielt er inne und hob den Blick. „Herr General, 'Nuts' ist ein umgangssprachlicher Ausdruck im Amerikanischen. Es bedeutet so viel wie 'Quatsch' oder 'Unsinn'."

Von Lüttwitz starrte ihn einen Moment lang an, bevor er langsam nickte. „Also lehnen sie unsere Aufforderung zur Kapitulation ab und machen sich darüber lustig." Er legte das Schreiben auf den Tisch und sah seine Offiziere an. „Gut, dann wissen wir, was wir zu tun haben."

Die Männer im Raum nickten, und eine entschlossene Ruhe breitete sich aus. Der General wandte sich wieder der Karte zu. „Wir werden die Offensive fortsetzen. Geben Sie den Männern den Befehl, sich auf einen weiteren Angriff vorzubereiten. Wir werden Bastogne einnehmen, egal was es kostet."

Die Offiziere salutierten und verließen eilig den Raum, um die Befehle weiterzugeben. Von Lüttwitz stand noch einen Moment still und sah auf das Schreiben, das nun bedeutungslos auf dem Tisch lag. Dann wandte er sich ab, entschlossen, die Schlacht fortzusetzen, ohne einen Gedanken an das spöttische „Nuts".

Die Morgenröte färbte den Himmel über den Ardennen blutrot, als die legendären SS-Panzer von Sepp Dietrich durch die Eichen-Wälder brachen und die Ufer der Maas bei Dinant erreichten. Die massiven Tiger- und Panzer IV-Panzer rollten unaufhaltsam vorwärts, ihre Kanonen donnernd und die Luft erfüllend mit dem dröhnenden Lärm des Krieges. Die deutschen Soldaten, die Landser, jubelten und feuerten Salven über den Fluss hinweg. Auf der anderen Seite waren die amerikanischen GIs in panischer Flucht begriffen, die Beine in die Hand nehmend, um dem Kugelhagel zu entkommen.

„Hurra! Wir haben es geschafft!", rief einer der Landser, seine Stimme überschlug sich vor Begeisterung. „Die Amis rennen!"

Dietrich sah zu, wie seine Männer sich in ihrer Euphorie verloren. Er konnte die Erleichterung und den Jubel verstehen. Der Vorstoß hatte sie an diesen strategisch wichtigen Punkt gebracht, und es schien, als ob der Feind aufgerieben wurde. Doch tief in seinem Inneren nagte ein Zweifel. Er war ein erfahrener Soldat, einer, der die Höhen und Tiefen des Krieges kannte, und er wusste, dass der Schwung, der sie bis hierher gebracht hatte, nicht ewig anhalten würde.

„Genießt diesen Moment, Männer", sagte Dietrich leise zu seinen Kameraden. „Aber lasst euch nicht täuschen. Der Feind wird sich sammeln und zurückschlagen."

Leutnant Karl Malawi, ein junger, ehrgeiziger Offizier, der neben Dietrich stand, warf ihm einen fragenden Blick zu. „Aber wir haben sie doch in die Flucht geschlagen. Wir haben die Maas erreicht!"

Dietrich nickte langsam. „Ja, das haben wir. Aber der Feind ist nicht besiegt. Sie werden Verstärkungen schicken, und unsere Versorgungslinien sind zu lang und zu verwundbar. Der Schwung, den wir haben, wird nicht ausreichen, um die Offensive aufrechtzuerhalten."

Die Worte des Feldwebels schienen einen Schatten über die euphorische Stimmung zu werfen. Die Männer, die eben noch feierten, wurden stiller, ihre Blicke suchten das andere Ufer der Maas, wo die Amerikaner sich neu formierten. Sie wussten, dass Dietrich recht hatte. Der Krieg war voller unerwarteter Wendungen, und jeder Sieg konnte schnell in eine neue Herausforderung umschlagen.

Plötzlich ertönte ein lautes Krachen, als eine Granate neben ihnen einschlug und Erde und Schnee in die Luft schleuderte. Die Amerikaner hatten begonnen, sich zu wehren. Ihre Artillerie feuerte aus versteckten Positionen auf das deutsche Ufer, und die Panzerbesatzungen mussten schnell reagieren.

„In Deckung!", brüllte Dietrich, als eine weitere Granate explodierte. „Bereitet euch auf einen Gegenangriff vor!"

Die Männer sprangen in ihre Positionen, die Euphorie des Augenblicks war vergessen, ersetzt durch die kalte Realität des Kampfes. Dietrich beobachtete, wie seine Männer sich in Position brachten und bereitmachten, den kommenden Sturm abzuwehren. Er wusste, dass dies der wahre Test ihrer Stärke und Entschlossenheit sein würde.

Der Himmel verdunkelte sich, als Rauch und Feuer die Szene beherrschten. Die Schreie wurden immer lauter, und die letzte Schlacht um die Maas begann mit unverminderter Härte. Sepp Dietrichs legendäre Panzerdivision hatte einen Durchbruch erzielt, aber ob sie diesen Erfolg halten konnten, war ungewiss. Der Feind war stark und entschlossen, und die Offensive, so schien es, war zum Scheitern verurteilt.

Inmitten des Chaos hielt Dietrich inne und dachte an die Worte, die er einst von einem alten Kameraden gehört hatte: „Krieg ist nicht nur das Gewinnen von Schlachten, sondern das Überleben bis zum Ende." Mit einem tiefen Atemzug machte er sich bereit für das, was noch kommen würde. Die Offensive mochte scheitern, aber er und seine Männer würden kämpfen, bis sie nicht mehr konnten.

Das alliierte Hauptquartier war ein belebter Ort, erfüllt von hektischem Treiben. Offiziere und Soldaten eilten von einem

Raum zum anderen, Karten wurden studiert und Befehle weitergegeben. Es war der pulsierende Mittelpunkt der gesamten Operation, wo Entscheidungen getroffen wurden, die das Schicksal der Truppen an der Front bestimmten.

General Dwight D. Eisenhower stand vor einer großen strategischen Karte, die die Ardennen und die umgebenden Gebiete zeigte. Die roten Linien markierten die deutschen Vorstöße, die bedrohlich tief in die alliierten Linien vorgedrungen waren. Doch jetzt, in diesem Augenblick, gab es einen Moment der Erleichterung. Die Nachricht war gerade eingetroffen, dass die Panzerdivision von Sepp Dietrich bei Dinant zum Stillstand gekommen war.

„General, wir haben bestätigt, dass die Deutschen an der Maas festgehalten werden", sagte Major John Smith, während er einen Funkspruch in den Händen hielt. „Ihre Offensive scheint ins Stocken geraten zu sein."

Eisenhower atmete tief durch und nickte langsam. „Das sind gute Nachrichten, Major. Unsere Männer haben hervorragende Arbeit geleistet. Aber wir dürfen nicht nachlassen. Die Deutschen sind immer noch gefährlich, und wir müssen bereit sein, ihre nächsten Schritte abzuwehren."

General Omar Bradley trat neben Eisenhower und schaute ebenfalls auf die Karte. „Es sieht so aus, als hätten wir ihnen einen ordentlichen Schlag versetzt. Ihre Versorgungslinien sind gestört, und ihr Schwung ist gebrochen."

„Das war eine enge Sache", fügte Eisenhower hinzu und ließ seinen Blick über die Karte schweifen. „Ihre Panzer haben uns beinahe durchbrochen. Aber jetzt haben wir die Chance, sie zurückzudrängen."

Die Offiziere im Raum, die zuvor in angespannte Gespräche vertieft waren, begannen zu lächeln und sich gegenseitig auf die Schultern zu klopfen. Die Erleichterung war spürbar. Die

Bedrohung, die über ihnen gehangen hatte, war zumindest vorerst abgewendet.

„Wir sollten sofort Gegenmaßnahmen einleiten", sagte Bradley. „Unsere Truppen müssen die Initiative ergreifen, bevor die Deutschen sich neu formieren können."

Eisenhower nickte zustimmend. „Senden Sie die Befehle an alle Frontkommandanten. Wir müssen Druck machen und sie in die Defensive zwingen."

Major Smith eilte zum Funkgerät und begann, die Anweisungen weiterzugeben. Im Raum breitete sich eine neue Energie aus, eine Mischung aus Erleichterung und Entschlossenheit. Die Offiziere wussten, dass sie eine kritische Phase des Kampfes überstanden hatten, aber der Krieg war noch lange nicht vorbei.

„Wir haben eine Gelegenheit, die wir nutzen müssen", sagte Eisenhower und schaute Bradley fest in die Augen. „Die Männer an der Front zählen auf uns. Lassen Sie uns sicherstellen, dass sie den Rückenwind haben, den sie brauchen."

Bradley nickte. „Jawohl, Sir. Wir werden alles tun, um diesen Vorteil zu nutzen."

In den nächsten Stunden wurden die Befehle präzise und effizient umgesetzt. Die alliierten Truppen begannen, ihre Positionen zu verstärken und Gegenangriffe zu planen. Die Nachricht von der erfolgreichen Verteidigung der Maas verbreitete sich schnell unter den Soldaten und hob die Moral erheblich. Die Deutschen hatten gezeigt, dass sie noch immer eine ernstzunehmende Bedrohung waren, aber die Alliierten waren bereit, ihnen die Stirn zu bieten.

Während die Nacht hereinbrach und die Lichter im Hauptquartier gedämpft wurden, war der Geist der Entschlossenheit allgegenwärtig. Eisenhower und seine Offiziere wussten, dass die kommenden Tage entscheidend sein würden. Doch für den Moment konnten sie aufatmen, wissend, dass sie einen bedeutenden Sieg errungen hatten.

Die Sonne stand hoch am verschneiten Himmel über den Ardennen, als die deutsche Jagdfliegerstaffel des JG 77 in ihren Messerschmitt Me 109 Flugzeugen abhob. Die Piloten waren hochmotiviert, entschlossen, den alliierten Luftraum zu durchbrechen und ihren Kameraden am Boden Unterstützung zu bieten. Hauptmann Karl Weber führte die Staffel an, seine Augen konzentriert auf den Horizont gerichtet, während die Maschinen in perfekter Formation in die Höhe stiegen.

„Hier Adler Eins an alle Maschinen. Wir werden die feindlichen Linien durchbrechen und ihren Nachschub stören", funkte Weber. Die Bestätigungen seiner Kameraden kamen prompt zurück, ihre Stimmen voll Zuversicht und Entschlossenheit.

Die Jagdflieger flogen in Richtung der Front, die Landschaft unter ihnen war schon von den Narben des Krieges gezeichnet. Schwarze Rauchwolken stiegen aus den zerstörten Stellungen auf, und der Boden war mit Kratern übersät. Plötzlich tauchten feindliche Bomber am Horizont auf, eine Bedrohung, die die deutsche Luftwaffe nicht ignorieren konnte.

„Feindliche Bomber gesichtet. Alle Maschinen, bereitmachen zum Angriff!", befahl Weber, und die Staffel setzte zum Steigflug an, um die Höhe zu gewinnen und aus der Sonne heraus anzugreifen.

Doch während sie sich auf den Angriff vorbereiteten, passierte etwas Unerwartetes. Am Boden, in der Nähe der deutschen Linien, waren die Flakgeschütze der Wehrmacht in höchster Alarmbereitschaft. Die Bodenmannschaften hatten die Anweisung erhalten, alle unbekannten Flugzeuge abzuschießen, um eine alliierte Luftlandung zu verhindern, kurzum man hatte sie nicht eingeweiht.

Missverständnisse waren in der chaotischen Kriegsführung keine Seltenheit. Ein Flak-Kommandant, der die heranfliegenden Messerschmitts fälschlicherweise für feindliche Maschinen hielt, gab den Befehl zum Feuern.

„Feindliche Flugzeuge im Anflug! Alle Geschütze, Feuer frei!"

Die Luft füllte sich mit dem donnernden Lärm der Flakgeschütze, und schwarze Wolken von explodierenden Granaten umringten die deutschen Jagdflieger. Weber und seine Männer waren völlig überrascht von dem plötzlichen Beschuss.

„Was zum Teufel? Das ist unsere eigene Flak!", rief Leutnant Heinz Keller panisch über Funk, während er verzweifelt versuchte, seinem Flugzeug auszuweichen.

„Adler Eins an Boden, hier Weber! Hört sofort auf zu schießen, wir sind eigene Maschinen!", funkte Weber verzweifelt, doch es war zu spät. Eine Granate traf sein Flugzeug, und er verlor die Kontrolle. Die Messerschmitt drehte sich spiralförmig nach unten, Rauch strömte aus dem beschädigten Motor.

Weber kämpfte verzweifelt, sein Flugzeug zu stabilisieren, doch es war aussichtslos. Mit einem lauten Knall schlug seine Maschine auf dem Boden auf und explodierte in einem Feuerball. Die anderen Jagdflieger versuchten verzweifelt, dem Inferno zu entkommen, doch die Flakgeschütze feuerten unbarmherzig weiter.

„Rückzug! Alle Maschinen, sofort zurückziehen!", befahl Hauptmann Hans Richter, der das Kommando übernahm, nachdem Weber abgeschossen worden war. Die verbliebenen Flugzeuge drehten ab und flogen in Richtung der sicheren Linien zurück, die Flakfeuer hinter sich lassend.

Am Boden erkannte der Flak-Kommandant seinen fatalen Fehler. „Feuer einstellen! Das waren unsere eigenen Flieger!", rief er verzweifelt, doch der Schaden war bereits angerichtet.

Die Jagdfliegerstaffel, die so hoffnungsvoll aufgebrochen war, war dezimiert und schwer angeschlagen. Die Überlebenden landeten auf ihrem Feldflugplatz und kletterten aus ihren beschädigten Maschinen, ihre Gesichter aschfahl und von Enttäuschung gezeichnet.

Hauptmann Richter trat auf den Flak-Kommandanten zu, sein Gesicht eine Maske aus Zorn und Trauer. „Wie konnte das passieren?", fragte er mit gepresster Stimme.

Der Flak-Kommandant, ein älterer Mann mit tiefen Sorgenfalten, schüttelte den Kopf. „Ein Missverständnis. Ich habe die Maschinen für feindliche Bomber gehalten. Es tut mir leid. "

Richter nickte langsam, seine Fäuste geballt. „Das tut uns allen leid. Wir haben gute Männer verloren, wegen eines Fehlers."

Die Tragödie dieses Tages würde ihnen noch lange in Erinnerung bleiben. Der Krieg war nicht nur eine Abfolge von Siegen und Niederlagen, sondern auch geprägt von fatalen Fehlern und Missverständnissen, die das Leben unzähliger Männer kosteten.

Die Kälte der Nacht schien bis in die Knochen zu dringen, als die drei deutschen Landser sich in den Schatten einer verlassenen Scheune versteckten. Ihre Kleidung war zerschlissen und verschmutzt, ihre Gesichter waren von Erschöpfung und Entschlossenheit gezeichnet. Sie hatten sich eigenmächtig von der Front zurückgezogen, um eine bessere Position zu finden und ihre Chancen auf Überleben zu erhöhen.

„Seht ihr das?", flüsterte Keller und zeigte auf eine schwach beleuchtete Straßensperre weiter vorne. Amerikanische Soldaten hatten sich dort positioniert, ihre Fahrzeuge blockierten den Weg, und sie patrouillierten aufmerksam umher.

„Ja", antwortete Becker, seine Augen zusammengekniffen. „Das ist unsere Chance. Wenn wir sie ausschalten, können wir ihre Fahrzeuge nutzen und uns weiter zurückziehen."

Der Dritte im Bunde Müller, nickte zustimmend. „Aber wir müssen leise sein und schnell zuschlagen. Wenn sie Alarm schlagen, sind wir erledigt."

Die drei Landser überprüften ihre Waffen und Ausrüstung, dann schlichen sie sich langsam und lautlos durch das Unterholz, immer darauf bedacht, kein Geräusch zu machen. Die Amerikaner an der Straßensperre wirkten entspannt, als ob sie keine unmittelbare Gefahr erwarteten. Ein paar von ihnen rauchten Zigaretten, andere unterhielten sich leise.

Keller gab das Signal, und die drei Deutschen stürmten vor. Die Überraschung war auf ihrer Seite. Becker war der erste, der zuschlug, sein Messer blitzte im schwachen Licht auf, als er den nächststehenden GI lautlos ausschaltete. Keller und Keller folgten schnell, ihre Schüsse waren präzise und tödlich.

„Was zum…?" Einer der Amerikaner drehte sich um und griff nach seiner Waffe, doch es war zu spät. Eine Salve aus Kellers Maschinenpistole streckte ihn nieder. Panik brach unter den GIs aus, doch die Deutschen nutzten das Chaos zu ihrem Vorteil.

„Granate!", rief Keller und warf eine Handgranate in Richtung eines amerikanischen Jeeps. Die Explosion erhellte die Nacht und ließ die restlichen Amerikaner in Deckung gehen. Die wenigen Überlebenden waren nun leichtes Ziel für die erfahrenen Landser.

Innerhalb weniger Minuten war die Straßensperre gesichert. Die Deutschen durchsuchten schnell die Leichen und die Fahrzeuge nach nützlicher Ausrüstung. Keller fand eine Karte und einige Dokumente in einem der Jeeps.

„Das könnte uns helfen", sagte er, während er die Karte entfaltete. „Hier sind weitere amerikanische Positionen eingezeichnet. Wir können sie umgehen und sicherer zurückziehen."

„Wir sollten uns beeilen", drängte Becker, während er die Zündschlüssel für einen der Jeeps fand. „Die Explosion wird nicht unbemerkt bleiben. Sie werden Verstärkung schicken."

Die drei Landser stiegen in den Jeep, Becker setzte sich ans Steuer und startete den Motor. Die Scheinwerfer des Fahrzeugs durchdrangen die Dunkelheit, und sie fuhren schnell und vorsichtig die Straße entlang, weg von der ehemaligen Straßensperre.

„Wir haben es geschafft", sagte Keller, eine Mischung aus Erleichterung und Anspannung in seiner Stimme. „Aber wir müssen wachsam bleiben. Der Feind ist überall."

Keller nickte und schaute zurück auf die qualmenden Überreste der Straßensperre. „Wir haben nur einen Moment der Ruhe gewonnen. Der Krieg ist noch lange nicht vorbei."

Sie fuhren weiter, die Geräusche des Gefechts in der Ferne hinter sich lassend. Die Nacht war kalt und dunkel, doch die drei Landser waren fest entschlossen, zu überleben und ihren Weg zurück zu finden, egal welche Hindernisse ihnen noch bevorstanden.

Der kleine Ort Haagen im Grenzgebiet lag still unter einer Decke aus frisch gefallenem Schnee. Die Dächer der Fachwerkhäuser waren weiß gepudert, und der Rauch aus den Schornsteinen stieg geradewegs in den klaren Winterhimmel auf. Es war der Neujahrstag, und eine eigenartige Stimmung lag in der Luft. Trotz des Wissens um die offenbar gescheiterte Offensive und der drohenden alliierten Übermacht herrschte unter den Soldaten einer zusammengewürfelten Kompanie aus Hitlerjugend und Volkssturm eine merkwürdig positive Atmosphäre.

Hauptmann der Reserve Fried, ein Veteran des Afrika-Krieges, stand vor der versammelten Truppe. Er war sich der Ironie dieses Moments bewusst: Jugendliche und ältere Männer, die kaum militärische Erfahrung hatten, sollten nun die Amerikaner aufhalten. In Zeiten wo die legendäre Wehrmacht längst auf den Feldern im Osten verblutet war, sollten man mit letzter Kraft noch viel größere Dinge schaffen. Doch er wusste auch, dass in Zeiten wie diesen, Hoffnung und Entschlossenheit die einzigen Waffen waren, die ihnen blieben.

„Meine Herren", begann er, seine Stimme fest und klar. „Wir haben einen schwierigen Auftrag vor uns. Die Amerikaner rücken vor, und es ist unsere Aufgabe, sie aufzuhalten. Ich weiß, dass viele von Ihnen wenig Kampferfahrung haben, aber wir stehen gemeinsam in diesem Kampf. Und ich verspreche Ihnen, wir werden unser Bestes geben, um unsere Heimat zu verteidigen."

Ein leises Murmeln ging durch die Reihen. Einige der Jungen der Hitlerjugend wirkten nervös, doch in ihren Augen blitzte Entschlossenheit. Die Männer des Volkssturms, oft Väter und Großväter, hatten eine ruhige, stoische Gelassenheit. Sie alle wussten, dass dies ein verzweifelter Kampf war, doch sie ließen sich nicht entmutigen.

Karl Heinz, ein sechzehnjähriger Junge aus der Hitlerjugend, hob die Hand. „Herr Hauptmann, ich weiß, dass es schwer wird. Aber wir haben den Willen und die Kraft. Wir werden ihnen zeigen, dass wir nicht aufgeben! Wir werden hinter ihnen stehen!"

Ein Lächeln huschte über sein Gesicht. „Das ist der Geist, den wir brauchen, Karl. Gemeinsam sind wir stark. Denken Sie daran, dass wir nicht allein sind. Unsere Kameraden kämpfen an anderen Fronten genauso tapfer wie wir."

In der Ferne ertönte das dumpfe Grollen von Artilleriefeuer, und die Realität drängte sich wieder in die Gedanken der Männer. Doch an diesem kalten Neujahrsmorgen hielt die Kompanie an ihrem Entschluss fest. Sie machten sich bereit, ihre Stellungen zu beziehen und sich dem bevorstehenden Kampf zu stellen.

Während sie sich auf den Weg machten, klopften sich die Männer gegenseitig auf die Schultern und tauschten ermutigende Worte aus. Einige von ihnen sangen leise alte Volkslieder, die von Heimat und Kameradschaft handelten. Es war eine seltsame Mischung aus Entschlossenheit und Hoffnung, die sie vorantrieb.

An der Spitze der Kolonne ging Fried, seine Gedanken wanderten zu seiner Familie, die er seit Monaten nicht gesehen hatte. Er wusste, dass die Chancen gegen sie standen, doch in diesem Moment fühlte er eine tiefe Verbindung zu den Männern, die ihm folgten. Sie alle kämpften nicht nur für sich selbst, sondern auch füreinander und für das, was ihnen lieb und teuer war.

Sie erreichten ihre Positionen, errichteten Barrikaden und gruben sich mit etwas Mühe in den kalten, harten Boden ein. Die Stunden vergingen, und die Geräusche des Krieges kamen näher. Doch die Stimmung blieb trotz allem positiv. Die Männer erzählten sich Geschichten, lachten und hielten die Moral hoch. Sie wussten, dass sie sich aufeinander verlassen konnten, egal was kommen mochte.

Als schließlich die ersten amerikanischen Panzer am Horizont auftauchten und das Donnergrollen der Geschütze lauter wurde, war die Kompanie bereit. Sie wussten, dass sie vielleicht den höchsten Preis zahlen würden, doch sie waren entschlossen, ihren Beitrag zu leisten und ein Zeichen des Widerstands zu setzen. Denn auch darum ging es am Ende, nicht wie im letzten Krieg zu kneifen sondern seine Aufgabe bis zum Ende tadellos zu erledigen.

In diesem Moment war es daher nicht die Aussicht auf Sieg, die sie antrieb, sondern die tiefe Überzeugung, dass sie, egal wie ausweglos die Situation auch sein mochte, nicht kampflos aufgeben würden. Und so gingen sie in den Kampf, mit Hoffnung im Herzen und der Entschlossenheit, ihre Heimat zu verteidigen..

Die Amerikaner näherten sich schnell, die Ketten der Shermans knirschten laut über auf dem gefrorenen Boden. Die Kompanie war in Stellung gegangen, ihre Nervosität spürbar, während sie die ersten feindlichen Bewegungen bemerkten. Fried gab ruhige Anweisungen, während er seine Männer dazu ermutigte, ruhig zu bleiben und konzentriert zu bleiben.

„Bereitet euch vor!", rief er, seine Stimme ging nur schwach über das Knattern der Maschinengewehre hinweg. „Nicht schießen, bis ich das Signal gebe!"

Die jungen Männer der Hitlerjugend und die älteren Männer des Volkssturms waren angespannt, ihre Finger ruhten auf den Abzügen ihrer Gewehre, bereit zum Feuern. Die Amerikaner stoppten ihre Ungetüme in sicherer Entfernung und begannen, aus der Deckung zu feuern. Es war mehr ein Geplänkel als ein echter Angriff, aber die Spannung war greifbar.

„Warten …", murmelte Fried, während er durch sein Zielfernrohr die feindlichen Bewegungen beobachtete. „Noch nicht schießen."

Plötzlich zogen sich die Amerikaner zurück. Ihre Panzer fuhren rückwärts und verschwanden in der Ferne, während ihre Infanterie ebenfalls zurückzog. Die Deutschen sahen sich verwundert an. Das Geplänkel war schnell vorbei, und die Amerikaner zogen sich ohne weiteres Feuergefecht zurück.

„Sie ziehen ab?", fragte Karl Heinz, einer der jungen Männer aus der Hitlerjugend, verblüfft.
„Ja, sie ziehen ab", antwortete Hauptmann Keller und senkte sein Gewehr. „Das war weniger, als ich erwartet hatte."

Ein erleichtertes Seufzen ging durch die Reihen der deutschen Kompanie. Die Männer lockerten ihre Griffe an den Waffen und entspannten sich ein wenig. Es war ein kleiner Sieg, aber ein Sieg dennoch.

„Wir haben sie verjagt!", rief einer der Männer des Volkssturms und hob sein Gewehr jubelnd in die Luft.

Doch die Freude währte nur kurz. Die Realisierung setzte schnell ein, dass die Amerikaner sich nicht endgültig zurückzogen, sondern vermutlich nur eine taktische Rückzugsbewegung machten. Die Kompanie war nicht darauf vorbereitet, sich plötzlich einem so einfachen Sieg gegenüber zu sehen.

„Das war zu einfach", murmelte Staufer, ein erfahrener Soldat aus dem Volkssturm. „Sie kommen zurück, und dann wird es ernst."

Fried nickte zustimmend. „Bereitet euch vor, Männer. Wir müssen unsere Stellungen verstärken und wachsam bleiben. Der Feind wird bald zurück sein, und dann werden wir zeigen, was wir können."

Die Männer begannen sofort, die Verteidigungsstellungen zu verbessern und die Waffen nachzuladen. Trotz der geringen Bedrohung fühlten sie die Anspannung, die sich in der Luft abzeichnete. Sie waren nur eine kleine Kompanie in einem großen Krieg, und jeder Moment der Ruhe konnte schnell in einen Moment des Chaos und der Gefahr umschlagen.

Die Minuten vergingen langsam, die Spannung wuchs mit jeder Sekunde, die verstrich. Schließlich tauchten die amerikanischen Panzer erneut am Horizont auf, begleitet von einem laut dröhnenden Artilleriefeuer. Die Deutschen erwarteten den erneuten Angriff, bereit, ihr Bestes zu geben, auch wenn sie wussten, dass sie einer überwältigenden Übermacht gegenüberstanden.

Die Szene wurde surreal: Die abgekämpfte, deutsche Kompanie aus Hitlerjugend und Volkssturm stand bereit, die erneut herannahenden amerikanischen Streitkräfte abzuwehren, als plötzlich drei abgerissene Landser aus den Schatten auftauchten. Ihre Kleidung war zerschlissen, mit Schlamm und Schnee bedeckt, und ihre Gesichter zeigten die Erschöpfung und Entschlossenheit derjenigen, die weit hinter den feindlichen Linien überleben mussten.

Hauptmann Keller und seine Männer waren ebenfalls überrascht über das unerwartete Auftauchen der Verbündeten. Die Kompanie hatte kaum Zeit, sie richtig zu begrüßen, als einer der Landser energisch auf sie zukam.

„Was zum Teufel macht ihr hier?", rief Keller, seine Stimme voller Verwirrung und Misstrauen.

„Ruhe!", brummte der Älteste der Landser, ein erfahrener Leutnant namens Fritze. Sein Blick war durchdringend und seine Haltung autoritär. „Wir haben uns aus dem Gefecht zurückgezogen, um hier zu überleben. Aber wir haben gesehen, dass ihr hier seid und euch auf einen Kampf vorbereitet."

„Ihr seid abgehauen", sagte Fried mit skeptischem Blick. „Was macht ihr hier, außer Chaos zu verursachen?"

Müller hob beschwichtigend die Hände. „Hört zu, wir haben unsere Fehler gemacht, aber wir können nicht einfach hier bleiben und nichts tun. Diese Amerikaner werden euch überrumpeln, wenn ihr nicht zusammenarbeitet. Und jetzt verbitte ich mir diesen schnoddrigen Ton. Sie unterstehen nun alle meinem Kommando."

Ein Moment der Stille lag über der verschneiten Landschaft, während die Männer der beiden Gruppen einander misstrauisch betrachteten. Dann trat Hauptmann Keller vor, seine Stimme ruhig und entschlossen.

„Wir können uns hier nicht streiten", begann Keller. „Es ist wahr, dass wir nicht viel Zeit haben. Aber wenn wir uns jetzt nicht vereinen, sind wir alle verloren."

Die Landser und die Kompanie sahen sich gegenseitig an, die Spannung in der Luft war greifbar. Schließlich nickte Fried langsam.

„Er hat recht", sagte er zu seinen Kameraden. „Wir brauchen ihre Unterstützung, und sie brauchen unsere Erfahrung. Zusammen haben wir eine Chance."

Die Männer begannen hektisch, die Verteidigungsstellungen zu verstärken und ihre Waffen nachzuladen. Die Landser brachten wertvolle Informationen über die Bewegungen der Amerikaner und halfen, die taktische Positionierung der deutschen Kompanie zu verbessern.

„Wir müssen die Amerikaner aufhalten", sagte Müller, während er mit Hauptmann Keller die Pläne durchging. „Wir können sie nicht gewinnen lassen."

Die nächsten Stunden vergingen schnell, jeder Mann konzentriert auf seine Aufgabe. Die Amerikaner näherten sich erneut, das Grollen der Panzer hallte schon durch die verschneite Landschaft. Diesmal jedoch waren die Deutschen besser vorbereitet.

Als die Schlacht begann, kämpften die Männer Seite an Seite. Die Landser brachten ihre Kampferfahrung ein, während die jungen Männer der Hitlerjugend und die älteren Männer des Volkssturms ihre Entschlossenheit zeigten. Gemeinsam bildeten sie eine robuste Verteidigungslinie, die den amerikanischen Angriffen standhielt.

Die Stunden vergingen, und trotz der Übermacht der Amerikaner hielten die Deutschen ihre Positionen. Die Landser und die Kompanie aus Hitlerjugend und Volkssturm waren eine Einheit geworden, gestärkt durch ihren gemeinsamen Kampfgeist und ihre Entschlossenheit. Irgendwann lagen jede Menge ausgebrannte Sherman und Chaffees auf den Feldern.

Am Ende des Tages, als die Sonne über dem zerstörten Ort unterging, waren die Amerikaner gezwungen, sich zurückzuziehen. Die deutschen Männer standen erschöpft, aber stolz auf ihren kleinen Sieg.

„Wir haben es geschafft", sagte Müller, ein Lächeln der Erleichterung auf seinem Gesicht. „Gemeinsam haben wir es geschafft."

Keller nickte und schaute auf die Männer, die um ihn herumstanden. „Wir haben gezeigt, dass wir mehr sind als die Summe unserer Teile. Lasst uns weiterkämpfen, für unsere Heimat und für unsere Zukunft."

Die Männer der vereinten Truppe nickten zustimmend, ihre Herzen voller Hoffnung und Entschlossenheit, während sie sich auf die nächste Herausforderung vorbereiteten, die der Krieg ihnen stellen würde.

Die Nacht war bereits hereingebrochen, als Hauptmann Friedrich Keller und seine Kameraden die Männer der nun wirklich vereinten Truppe versammelten, um sie auf die bevorstehenden Herausforderungen vorzubereiten. Die Atmosphäre war gespannt und ernst, während die Männer sich um Lagerfeuer und Fackeln gruppierten, ihre Atemwolken in der kalten Winterluft sichtbar.

Keller trat vor die versammelte Truppe, seine Stimme war ruhig, aber bestimmt. „Männer, wir haben heute gezeigt, dass wir gemeinsam stark sind. Aber der Kampf ist noch lange nicht vorbei. Die Amerikaner werden sich neu formieren und zurückkehren, und wir müssen vorbereitet sein.“

„Wir haben nicht viel Zeit“, ergänzte Müller, seine Stimme tief und entschlossen. „Wir werden jetzt schnelle, improvisierte Schulungen durchführen, um unsere Taktiken und unsere Koordination zu verbessern. Jeder Mann muss genau wissen, was zu tun ist.“

Die Männer nickten ernst, sie wussten, dass ihre Überlebenschancen davon abhingen, wie gut sie zusammenarbeiten konnten. Keller und Müller begannen sofort mit den Schulungen über das Gelände, während die Nacht fortschritt.

„Erstens“, begann Keller und deutete auf eine einfache Karte der Umgebung, die auf dem Boden ausgebreitet war. „Wir müssen unsere Positionen sichern. Wir dürfen nicht zulassen, dass die Amerikaner uns überraschen.“

„Zweitens“, fuhr Müller fort, während er die Männer in kleinen Gruppen einteilte. „Jeder Mann muss seine Feuerdisziplin behalten. Wir schießen nur, wenn wir sicher sind, dass wir treffen können. Munition ist knapp."

Die Männer der Kompanie hörten aufmerksam zu und stellten Fragen, um sicherzustellen, dass sie jedes Detail verstanden. Sie waren hungrig nach Wissen und Anleitung, denn sie wussten, dass ihre Leben von diesen kurzen, aber entscheidenden Stunden abhängen würden.

„Und schließlich", sagte Keller, als er die Schulungen abschloss, „wir sind eine Einheit. Wir kämpfen zusammen und sterben zusammen, wenn es sein muss. Vertraut aufeinander und auf eure Ausbildung."

Die Männer nickten zustimmend, ihr Entschluss war deutlich in ihren Augen zu sehen. Sie hatten gelernt, dass Einigkeit ihre beste Waffe war, und sie waren bereit, sich der bevorstehenden Herausforderung zu stellen.

Die Nacht verstrich schnell, und bald brachen die ersten Strahlen der Morgendämmerung über den Horizont. Die Männer der vereinten Truppe standen in ihren Stellungen, bereit für das, was kommen mochte.

Plötzlich, in der Ferne, dröhnten die Motoren der amerikanischen Panzer. Die Männer der deutschen Kompanie atmeten tief durch und nahmen ihre Positionen ein. Diesmal würden sie vorbereitet sein. Diesmal würden sie als eine vereinte Truppe kämpfen, mit der Entschlossenheit, ihre Heimat zu verteidigen und die Herausforderungen des Krieges anzunehmen, egal wie groß sie auch sein mochten.

Die amerikanischen Panzer rollten unaufhaltsam näher, begleitet von dem Donnergrollen der Artillerie. Schon pflügte Steilfeuer die Felder um. Die Männer der deutschen Kompanie waren bereit, ihre neu erworbenen Fähigkeiten unter Beweis zu stellen. Unter der Führung von Keller, Becker und

Müller hatten sie in einer Nacht intensiver Schulungen gelernt, wie sie ihre begrenzten Ressourcen am effektivsten einsetzen konnten.

Die Schlacht begann in einem Chaos aus explodierenden Granaten und peitschendem Maschinengewehrfeuer das in die Stellung einfuhr. Die Deutschen hielten standhaft ihre Stellungen, jeder Mann wusste genau, wo er stehen und wohin er schießen musste. Die Erfahrung der Landser und die Energie der jungen Hitlerjugend waren eine kraftvolle Kombination, die den amerikanischen Truppen offenbar schwer zu schaffen machte.

„Halten Sie die Linie!", rief Keller, seine Stimme vom Lärm der Schlacht verschluckt. Die Männer duckten sich hinter ihren Barrikaden, feuerten präzise und konzentriert auf die anstürmenden Amerikaner. Die Panzer rollten bedrohlich näher, doch die Deutschen hielten eisern stand.

„Wir schaffen das!", brüllte Müller, während er persönlich seine Männer anfeuerte, ihre Positionen zu halten und keinen Zentimeter Boden preiszugeben.

Die Amerikaner waren überrascht von der Entschlossenheit und der Geschicklichkeit ihrer Gegner. Die deutschen Männer kämpften verbissen, und ihre Verteidigungslinien hielten stark. Immer wieder wurden amerikanische Angriffe zurückgeschlagen, während die deutschen Artilleristen und Schützen unermüdlich feuerten und die feindlichen Reihen ausdünnten.

Stunden vergingen in diesem tödlichen Ringen, das Ergebnis hing am seidenen Faden. Doch schließlich, zur Verblüffung und Erleichterung der deutschen Männer, begannen die amerikanischen Panzer sich zurückzuziehen. Ihre Angriffe wurden weniger koordiniert, und die Feuerkraft ließ nach.

„Sie ziehen sich zurück!", rief einer der jungen Männer aus der Hitlerjugend, seine Stimme voller Triumph.

„Weiter schießen!", befahl Keller, um sicherzustellen, dass die Amerikaner nicht zurückschlagen konnten. Die Deutschen feuerten weiter, bis die letzten Spuren der Amis aus ihrem Sichtfeld verschwanden.

Ein erstauntes Schweigen erfüllte die Luft, als die deutsche Kompanie realisierte, dass sie tatsächlich gesiegt hatten. Einige Männer umarmten sich vor Freude, andere sanken erschöpft zu Boden.

„Wir haben es geschafft", sagte Müller schließlich, ein Lächeln der Erleichterung auf seinem Gesicht. „Wir haben sie zurückgeschlagen."

Keller nickte zustimmend. „Gemeinsam haben wir es geschafft. Das zeigt, was wir erreichen können, wenn wir vereint sind."

Die Männer feierten ihren Sieg inmitten der Trümmer und der winterlichen Kälte. Sie hatten nicht nur den Amerikanern standgehalten, sondern sie hatten ihnen gezeigt, dass sie nicht bereit waren, ihre Heimat ohne einen Kampf aufzugeben.

Die Nacht war noch jung, aber die Männer wussten, dass der Krieg weiterging. Doch für diesen Moment, in dem sie die Oberhand gewonnen hatten, waren sie dankbar. Sie hatten bewiesen, dass ihre Entschlossenheit stärker war als die überlegene Feuerkraft des Feindes.

Die Nacht senkte sich düster über die verschneiten Wälder, als die Männer der deutschen Kompanie ihre nächsten Schritte planten. Die Euphorie über ihren Sieg gegen die Amerikaner hatte sich schnell in eine neue Entschlossenheit verwandelt. Und so beschlossen sie, die Initiative zu ergreifen und den Druck auf die Amerikaner aufrechtzuerhalten.

„Wir wissen, dass sich in der Nähe ein größeres amerikanisches Lager befindet", sagte Müller leise zu Keller und den anderen Führungsoffizieren. „Die Hitlerjugend kennt diese Wälder wie ihre Westentasche. Wir könnten überraschend zuschlagen und einen großen Teil der feindlichen Truppen in die Flucht schlagen."

Keller nickte zustimmend. „Es ist ein riskanter Plan, aber wir haben die Überraschung auf unserer Seite. Wenn wir schnell und entschlossen handeln, könnten wir Tausende von GIs durch die Wälder treiben und ihre Moral untergraben."

Die Männer stimmten leise zu, und so begannen sie ihren nächtlichen Marsch durch das winterliche Gelände. Die Hitlerjugend kannte jeden Pfad, jeden Schlupfwinkel und jedes Versteck in diesen Wäldern. Ihre Bewegungen waren geschmeidig und lautlos, während sie sich dem amerikanischen Lager näherten, das nur durch eine düstere Lichtung von ihnen getrennt war.

Plötzlich, auf ein stummes Zeichen von Müller hin, stürmten sie hervor. Die Männer der deutschen Kompanie brachen durch die Grenzen des Lagers, feuerten wild in die Luft und brüllten wüste Kriegslieder. Die überraschten Amerikaner erwachten aus ihrem Schlaf und gerieten in Panik.

„Raus hier!", schrie einer der amerikanischen Offiziere, während die GIs hastig ihre Waffen ergriffen und versuchten, sich zu formieren. Doch die Deutschen waren bereits über sie hinweggefegt, trieben sie vor sich her wie Vieh.

Durch die Wälder tobte nun ein wildes Durcheinander, das Echo von Schüssen und die Schreie der Amerikaner erfüllten die Nacht. Die deutschen Männer nutzten ihren Heimvorteil, um die feindlichen Linien zu verwirren und zu dezimieren.

Die Hitlerjugend, geführt von den älteren Soldaten des Volkssturms, kämpfte verbissen und ohne Erbarmen.

„Haltet sie auf!", rief Müller, während er persönlich in die dichten Wälder vordrang. Seine Männer folgten ihm treu, während sie die erschöpften und desorientierten Amerikaner immer weiter durch das Gelände trieben.

Die Nacht wurde zu einem verworrenen Albtraum für die Amerikaner, während sie versuchten, sich zu organisieren und ihren Verfolgern zu entkommen. Die deutschen Landser hielten den Druck aufrecht, bis die ersten Strahlen der Morgendämmerung den Himmel färbten.

Schließlich, nach Stunden des Chaos und der Verfolgungsjagd, zogen sich die Deutschen zurück. Sie hatten eine beträchtliche Anzahl von Gefangenen genommen, Waffen erbeutet und die Amerikaner in eine tiefe Verwirrung gestürzt. Die Männer der deutschen Kompanie kehrten erschöpft, aber siegreich in ihr Lager zurück.

„Das war großartig", sagte einer der Hitlerjungen mit einem breiten Grinsen. „Wir haben sie wirklich durch die Wälder gejagt."

„Ja, aber wir müssen wachsam bleiben", ermahnte Müller. „Die Amerikaner werden zurückkommen und versuchen, ihre Verluste wiedergutzumachen."

Keller nickte ernst. „Genau deshalb müssen wir uns jetzt auf unsere Verteidigung konzentrieren. Wir haben gezeigt, was wir können. Lasst uns diesen Schwung nutzen."

Die Männer der deutschen Kompanie aus Hitlerjugend und Volkssturm versammelten sich um ihre Lagerfeuer, ihre Köpfe voller Euphorie über ihren kühnen nächtlichen Überfall.

Am nächsten Tag, als die Sonne müde über die verschneiten Wälder stieg, machte sich die deutsche Truppe aus Hitlerjugend und Volkssturm auf einen erschöpften Rückzug. Trotz ihres triumphalen Sieges über das amerikanische Lager lastete die Erschöpfung schwer auf ihren Schultern. Jeder Mann spürte, wie die Kräfte schwanden und die Realität immer deutlicher wurde. Der Irrsinn war vorbei.

Die Männer bewegten sich langsam durch das winterliche Gelände, ihre Schritte schwer und ihre Gesichter müde von den Anstrengungen der vergangenen Tage und Nächte. Verwundete wurden behutsam getragen, die Ausrüstung war zerfetzt und die Munition knapp.

Friedrich Keller führte die Truppe mit bedächtigen Schritten an, während Müller die Nachhut sicherte und die Gruppen zusammenhielt. Ihre Führung war gefragt, um die Moral hochzuhalten und den Männern zu helfen, ihre Erschöpfung zu überwinden.

„Wir müssen uns sammeln", sagte Keller mit ruhiger Stimme zu seinen Männern. „Wir haben einen großen Sieg errungen, aber der Krieg ist noch nicht vorbei. Lasst uns den Rückzug geordnet und sicher durchführen. Denn ja es ist ein verdammter Rückzug!"

Die Männer nickten zustimmend, ihre Gesichter ernst und konzentriert. Sie wussten, dass die Amerikaner sich erholen würden und dass weitere Herausforderungen bevorstanden, ihre Kräfte aber nicht mehr reichten.

Während sie durch die Wälder zogen, trafen sie auf zerstörte Dörfer, verlassene Felder und die Überreste früherer Kämpfe. Die Realität des verlorenen Krieges war allgegenwärtig, und die Männer schwiegen größtenteils, während sie ihren Weg fortsetzten. Was eigentlich aus der "Wacht am Rhein" geworden war, das wusste niemand mehr so genau in diesen Tagen. Nichts war mehr geblieben. Plötzlich war die deutsche Streitmacht verschwunden und die Reichsgrenze stand offen wie nie zuvor.

„Es wird schwer werden", murmelte Müller, während er die Umgebung scharf beobachtete. „Aber wir müssen stark bleiben. Wir haben bewiesen, dass wir noch stark sind."

Die Stunden vergingen langsam, jeder Schritt war eine Qual, aber die deutsche Truppe bewegte sich unbeirrt vorwärts. Der Gedanke an Ruhe und Sicherheit war ihr Ansporn, während sie durch feindliches Gebiet navigierten.

Schließlich erreichten sie ein vorübergehendes Lager einer anderen, ähnlich abgehalfterten Einheit, wo sie ihre Wunden pflegten und sich für den nächsten Abschnitt des Rückzugs vorbereiteten. Die Männer ruhten sich aus, sammelten neue Kräfte und reflektierten über die Ereignisse der letzten Tage.

„Wir haben viel durchgemacht", sagte einer der jungen Männer aus der Hitlerjugend leise, sein Blick in die Ferne gerichtet. „Aber wir haben uns als tapfer erwiesen."

„Ja", antwortete ein älterer Soldat des Volkssturms, während er sein Gewehr reinigte. „Wir müssen weitermachen, solange wir können. Die Heimat braucht uns."

Die Erschöpfung war greifbar, aber der Geist der deutschen Truppe blieb ungebrochen. Sie hatten ihren Mut und ihre Entschlossenheit unter Beweis gestellt, auch wenn sie wussten, dass der Weg vor ihnen noch lang und schwierig war.

„Wir müssen stark bleiben", wiederholte Keller und sah in die Gesichter seiner Männer. „Gemeinsam werden wir weiterkämpfen. Wir werden nicht wie im letzten Krieg die Flinte ins Korn werfen. Wir werden bis zuletzt unserer Pflichten tadellos erfüllen."

Die Männer nickten, ihr Blick fest und entschlossen, während sie sich auf den nächsten Abschnitt ihrer Reise vorbereiteten. Sie hatten gezeigt, dass sie zusammen stark waren, und sie waren entschlossen, diese Stärke in den kommenden Herausforderungen des Krieges zu nutzen.

Es war ein ähnlich düsterer Tag auf ihrem Rückzug, als die deutsche Truppe unerwartet erneut auf die erstarkten amerikanischen Streitkräfte stieß. Die Erschöpfung und die Spannung lagen schwer in der Luft, als die Männer diesmal gegenüber den gut ausgerüsteten und frischen Amerikanern standen. Diesmal gab es keine Chance mehr.

Becker, Keller und Müller versuchten verzweifelt, ihre Männer zu organisieren und zu mobilisieren, aber die Lage war chaotisch und unübersichtlich. Die Amerikaner hatten die Initiative ergriffen und griffen die Deutschen Reihen mit schwerem Feuer an.

„Haltet stand!", rief Keller, während er selbst das Feuer leitete und Anweisungen gab. Die Männer der Hitlerjugend kämpften tapfer, aber die Übermacht der Amerikaner war erdrückend.

Inmitten des heftigen Gefechts versuchten drei abgerissene Landser, darunter Becker, zusammen mit einigen jungen Männern der Hitlerjugend einen Ausweg zu finden. Sie erkannten, dass sie in dieser aussichtslosen Situation keine Chance hatten und flohen kopfüber in die nahe gelegenen Wälder der Eifel.

Das Feuergefecht war ein Blutbad. Männer auf beiden Seiten fielen, während die amerikanischen Truppen ihre Überlegenheit nutzten, um die deutsche Verteidigung zu durchbrechen. Müller kämpfte verbissen, aber die Realität des überlegenen Feindes war unverkennbar.

„Wir müssen zurückweichen!", rief er seinen verbliebenen Männern zu, als er selbst Deckung suchte und das Chaos um ihn herum beobachtete. „Zurück in die Wälder!"

Die Überlebenden der deutschen Truppe zogen sich verzweifelt zurück, während die Amerikaner sie gnadenlos verfolgten. Der Wald bot ihnen vorübergehende Deckung, aber die Männer wussten, dass sie nicht lange sicher sein würden.

Becker und die anderen Landser sowie einige Hitlerjungen liefen so schnell sie konnten durch das dichte Unterholz, ihre Herzen klopften vor Angst und Erschöpfung. Sie hörten das entfernte Dröhnen von Fahrzeugen und das Echo von Schüssen hinter sich, während sie tiefer in die undurchdringlichen Wälder flohen.

„Wir müssen weiter", keuchte einer, seine Stimme voller Panik. „Sie werden uns finden."
Becker nickte knapp. „Wir müssen tiefer in den Wald gehen, uns verstecken. Halten wir zusammen."
Die Männer liefen weiter, ihre Atemzüge scharf und flach, während sie versuchten, sich vor den Amerikanern zu verstecken, die nun in ihrem Rücken waren.

„Dort!", flüsterte Becker plötzlich und deutete auf eine kleine Felshöhle, die in der Nähe war. „Dort könnten wir uns verstecken."

Die Männer preschten in die Höhle, ihre Kleidung schmutzig und ihre Gesichter verzerrt vor Anstrengung. Sie hockten sich zusammen, ihre Körper bebten vor Adrenalin und die Gewissheit, dass die Amerikaner ihnen dicht auf den Fersen waren.

Die Zeit verging langsam in der drückenden Dunkelheit der Höhle, ihre Gedanken wirbelten um die Verluste, die sie erlitten hatten, und die Unsicherheit über ihre Zukunft.

„Wir müssen vorsichtig sein", murmelte Becker, während er hinaus in den Wald starrte, wo das Echo der Kriegsmaschinerie noch immer widerhallte. „Bis es sicher ist."

Die Männer nickten, ihre Augen wachsam auf das ungewisse Schicksal gerichtet, das vor ihnen lag. Sie waren überlebende einer verlorenen Schlacht, aber ihr Kampfgeist war nicht gebrochen. In der Dunkelheit der Höhle fühlten sie sich vorerst sicher, aber sie wussten, dass der Krieg sie früher oder später wieder einholen würde...

Die Stille senkte sich über die verwüsteten Schlachtfelder der Ardennen, als die letzten Echos des Krieges nun langsam verhallten. Die Nazi-Führung war gewichen, ihre Vision des "Endkampfes" beschwor nur noch ferne Schatten in den Köpfen der Soldaten. Die Amerikaner atmeten erleichtert auf, während sie begannen, behutsam und vorsichtig in das vom Krieg gezeichnete Deutschland einzudringen.

Die Landsergruppe, die tapfer durch die Wirren des letzten Gefechts gekämpft hatte, löste sich schließlich auf. Einige kehrten nach Hause zurück, andere wurden in Kriegsgefangenschaft genommen, aber alle ertrugen die Narben des Konflikts auf ihre eigene Weise. Sie alle kämpften, wenn auch vergebens, aufopfernd und tapfer bis zum bitteren Ende ... so wie der Rest des deutschen Heeres.

Am Ende der Geschichte senkt sich der Blick über den einstigen Deutschen Westwall, den die ersten GI's etwa zu dieser Zeit im Januar 1945 erreichten. Die Bunker und Geschützstellungen, die einmal eine Bastion der deutschen Verteidigung oder zumindest der Propaganda gewesen waren, wirkten nun verlassen und verwaist. Der Wind strich über die tristen Überreste des Krieges, während die Soldaten die zerfallenen Befestigungen betrachteten.

Ein junger Soldat mit einem zerrissenen Sternenbanner auf seinem Ärmel trat näher an einen der Bunker heran, seine Augen suchten die Geschichte, die diese Orte erzählten. Die Spuren eines Kampfes waren noch sichtbar, die Einschläge und die Überreste der deutschen Ausrüstung erinnerten an die Härte und die Opfer, die hier gebracht worden waren.

Er stellte sich vor, wie die deutschen Soldaten hier gestanden hatten, ihre Aufgabe erfüllt hatten, um das zu verteidigen, was sie für ihr Land hielten. Jetzt war alles ruhig, und die Zeit schien stillzustehen.

Der Soldat wandte sich um, sein Blick ging über das zerstörte Gelände. Die Sonne brach durch die Wolken, und der Himmel über ihnen war von einem tiefen Blau erfüllt.

Es war ein Moment der Erleichterung, aber auch der Nachdenklichkeit. Der Krieg war fast vorüber, und während die Narben des Konflikts in der Landschaft und in den Herzen der Menschen blieben, gab es Hoffnung auf eine ferne Zukunft ohne Gewalt und Zerstörung.

Die amerikanischen Soldaten setzten ihren Weg fort. Sie hatten die Härte des Krieges erfahren, aber sie glaubten an die Stärke der Menschheit, sich zu erheben und vorwärts zu gehen, selbst nach den dunkelsten Stunden der Geschichte. Sie selbst, aufgewachsen in Freiheit und Rechtsstaat hatten immer noch Mühe sich vorzustellen, was sich hier abgespielt hatte.

Die Stille senkte sich über die Wälder wie ein sanfter Schleier. Nach den dröhnenden Kanonenschlägen und dem hektischen Treiben des Tages schien es, als ob die Natur selbst den Atem anhielt. Der Rauch der Gewehre und die Echos der Kämpfe verblassten langsam, während die letzten Sonnenstrahlen des Tages durch die dichten Baumkronen glühten.

Die Vögel wagten sich zaghaft aus ihren Verstecken hervor, ihr Gesang vereinzelt und doch klar in der stillen Atmosphäre. Der Geruch von feuchtem Moos und herabgefallenem Laub zwischen dem Schnee hing in der Luft, eine Mischung aus Erde und Leben, die sich nach dem Chaos des Tages wieder auszubreiten schien.

In der Ferne waren nur noch gedämpfte Geräusche zu hören: ein entfernter Ruf eines Kameraden, das sanfte Rascheln der Blätter im Wind. Die Wälder hatten ihre eigene Zeit, eine Zeit, in der die Schlachten und Streitigkeiten der Menschen bedeutungslos erschienen. Es war ein Moment der Ruhe und der Besinnung, eine Zeit, um zu reflektieren über das Vergangene und um Kraft für das Kommende zu sammeln.

Die Sonne begann langsam unterzugehen, tauchte die Baumwipfel in ein goldenes Licht. Die Schatten wurden länger, während die Dunkelheit langsam über die Wälder hereinbrach.

Die Stille war nicht nur Abwesenheit von Lärm, sondern ein Moment der Einkehr und des Friedens, ein Augenblick, der Hoffnung auf eine Zukunft in sich trug, die frei von Gewalt und Unruhe sein könnte.

Und so senkte sich die Stille über die Wälder der Ardennen, wie ein Trost und eine Erinnerung an die Schönheit aber auch die Fragilität des Lebens.

Achtung!

Landser im Weltkrieg braucht Ihre Hilfe!

Sie schreiben selbst historische Romane aus der Zeit des Zweiten Weltkriegs, oder Sie wollten es schon immer mal versuchen?

Dann senden Sie uns Ihr Manuskript unter **manuskripte@ek2-publishing.com** zu, denn wir suchen dringend neue Autoren für unsere „Landser im Weltkrieg"-Reihe.

Wir nehmen uns Ihre Kritik zu Herzen und haben komplett neu kalkuliert, um Ihnen einen noch besseren Preis bieten zu können.
„Landser im Weltkrieg" ab jetzt dauerhaft günstiger, aber mit der gewohnt hohen Qualität!

Ihre Zufriedenheit ist unser Ziel!

Liebe Leser, liebe Leserinnen,

hat Ihnen unser Buch gefallen? Haben Sie Anmerkungen für uns? Kritik? Bitte zögern Sie nicht, uns zu schreiben. Wir werden jede Nachricht persönlich lesen und beantworten.

Schreiben Sie uns: info@ek2-publishing.com

Wussten Sie schon, dass Sie uns dabei unterstützen können, deutsche Militärliteratur sichtbarer zu machen? Bitte nehmen Sie sich einen Moment Zeit und bewerten Sie dieses Buch online. Viele positive Rezensionen führen dazu, dass das Buch mehr Menschen angezeigt wird.

Sie können somit mit wenigen Minuten Zeitaufwand unserem kleinen Familienunternehmen einen großen Gefallen tun. Vielen Dank für Ihre Unterstützung!

PS: In seltenen Fällen kommt ein Buch beschädigt beim Kunden an. Bitte zögern Sie in diesem Fall nicht, uns zu kontaktieren. Selbstverständlich ersetzen wir Ihnen das Buch kostenlos.

LESEPROBE

Gedrungene Körper huschten durch das kniehohe Präriegras. Von Hass erfüllte Augen richteten sich auf die kleine Farm, die sich im Licht des fahlen Mondes unten im Tal abzeichnete.

Niemand der Bewohner ahnte, dass in den nächsten Minuten der Tod seine knöchernen Finger ausstrecken würde. Niemand ahnte, dass die breitschultrigen Gestalten mit den blauschwarzen Haaren Rache und Vergeltung suchten. Tod den Weißen, den Landräubern, die in die Apacheria gekommen waren!

Einer der Krieger stieß den kläffenden Ruf eines Coyoten aus, bevor er sich erhob und in die Runde blickte. Seine scharfen Augen erkannten schemenhafte Gestalten, die durch das Gras schlichen.

Langsam kam Nebel auf und benetzte das Gras, bis es feucht wurde. Morgendämmerung, die Stunde der Apachen! Dies war die Zeit, wo der Schlaf am tiefsten und die Träume am süßesten waren.

Der Krieger huschte lautlos durch das Gras. Niemand hörte und sah ihn. Er war eins mit der Wildnis, in der er lebte und die sein Zuhause war. Er würde sie bis aufs Blut verteidigen.

Hass stand in den schwarzen Augen geschrieben, als er seine Kriegslanze umklammerte. Die Weißen mussten sterben, denn sie waren Eindringlinge im Land, das dem roten Mann gehörte!

Ein tödlicher Kreis umgab die kleine Farm. Nebel verbarg die gedrungenen Gestalten, die jetzt bis auf wenige Yards an die Farm herangekommen waren.

Sie waren zu allem entschlossen. An diesem Morgen war der Tod auf die Morrison-Farm gekommen, und er kam still und heimlich ...

LANDSER IM WELTKRIEG
KAUFEN!

Direkt zur Serie:

KEINE NEUERSCHEINUNG VERPASSEN UND GRATIS E-BOOK SICHERN!

Tragen Sie sich in den Newsletter von EK-2 Militär ein, um über aktuelle Angebote und Neuerscheinungen informiert zu werden und an exklusiven Leser-Aktionen teilzunehmen.

Als besonderes Dankeschön erhalten Sie <u>kostenlos</u> das E-Book »Die Weltenkrieg Saga« von Tom Zola. Enthalten sind alle drei Teile der Trilogie.

Link zum Newsletter:

https://ek2-publishing.aweb.page

Über unsere Homepage:

www.ek2-publishing.com

Lernen Sie den neusten Kracher aus dem Hause EK-2-Militär kennen!

Wandeln Sie auf den Spuren des berühmten wie berüchtigten Apachen-Kriegers Geronimo und lassen Sie sich von seiner wechselvollen Lebensgeschichte voller Höhen und Tiefen, Siege und Niederlagen inmitten der Indianerkriege mitreißen.

Eine Veröffentlichung der EK-2 Publishing GmbH

Friedensstraße 12

47228 Duisburg

Registergericht: Duisburg

Handelsregisternummer: HRB 30321

Geschäftsführerin: Monika Münstermann

E-Mail: info@ek2-publishing.com

Homepage: www.ek2-publishing.com

Cover/Umschlag: Kayla Pelgrim

Autor: Florian Juterschnig

Lektorat: Heiko Piller

Buchsatz: Heiko Piller

1. Auflage November 2024

Made in the USA
Monee, IL
07 July 2026

56550847R00059